逆風，奔向你

茉寧 Mu Ning —— 著

【推薦序／倪小恩】

與萊寧在二〇一七年因文學比賽而認識至今，很開心可以幫她寫這次的推薦序，這也是我第一次幫人寫推薦序呢（笑）。

我其實挺佩服萊寧的，明明大多的時間都被學校課業綁住，但竟然還可以將這部小說順利完成，甚至出書，在這邊先恭喜她，經過兩三年後有了第二本實體書的產出。

這本書中，我很喜歡蘇瑾對於自己興趣的堅持與熱愛，萊寧的文字看似簡單但卻又很細膩，每次看到女主角在操場上奔跑的時候，我腦中都會有個女孩子往陽光處奔過去的畫面出現，她臉上的表情是有自信的，笑容是燦爛且吸引人的。

以往，大家對於男主角的定義是最後一定會跟女主角在一起的那位仁兄，可是我要說的是，這本書中出現的兩位男生都是男主角。戴河俊是引導蘇瑾朝目標前進的那道陽光，而孫晨耀則是默默在身後支持著她的那棵大樹，陽光是高掛在藍天伸手無法觸及的，大樹則是可以為她擋下一片的風雨並且陪伴著她，沒有戴河俊，蘇瑾不會成長的更快，沒有孫晨耀，蘇瑾不會知道什麼對自己是重要的。

整篇故事讀起來真的是一部非常青春洋溢的故事，故事中帶點小小的虐與難過，但看到蘇瑾在人生道路上的成長，以及追求自己的想要，我都很為她感到開心呢！

最後再次恭喜菻寧，也希望妳趕快有下一本、下下一本作品的產生ＸＤ

【推薦序／禾風】

「蘇瑾，算教官求妳了，以後早一點來學校，不要每次都讓我看妳滿頭大汗的狼狽模樣。」

「那是青春的汗水。」

開頭沒多久讀到這段教官與女主角的對話時便忍不住莞爾。我們的青春總會一個不小心把自己弄得灰頭土臉，回過頭來看，也會想用力搖晃那個自己的肩膀怒吼著：「妹妹啊，妳就不能安分點嗎！」

可倘若時間倒轉，或許我們仍然會做出相同的反應，實在傻得可愛。

喜歡一個人也是一樣。

曾在書裡看過一段話：「愛一個人，由人由天，就是由不得自己。」

但如何去愛一個人，卻是由得了我們的。蘇瑾是，戴河俊是，孫晨曜也是。

《逆風奔馳》的故事線條並不複雜，但節奏輕快、引人入勝，我特別喜歡莯寧對於故事轉場的處理，精妙自然，使劇情環環相扣，張力十足，一口氣讀完故事，只覺得宛若一陣暖風吹進心底，意猶未盡。

甚而，莯寧的文字靈動，每個蘇瑾奔跑的場景，都彷彿能隨她一起邁開雙腿，能感受到風逆向打在自己面頰上；同時她的筆觸也是溫潤輕柔的，細膩而漂亮地描寫了暗戀中苦澀卻甘之如飴的心緒，情感層次豐富。藉著她的視野，真真正正可以感知到喜歡一個人的各種樣貌與義無反顧。

此外莯寧先前的作品《聽雨的告白》中幾個角色也再次登場了，不過這個故事的氛圍明朗許多，有青梅竹馬鬥嘴的可愛橋段，也有青春裡為愛為目標奮力一搏的熱血。而我讀著讀著，也不免聯想起莯寧這個人，她就像她的作品一樣誠摯美好，能夠認識她，並閱讀她的故事，都是非常幸福的事。

我們都希望自己不必傻，筆直地奔向終點、喜歡的人也喜歡我，然而事實上很多時候就像蘇瑾起跑時會重心不穩，長大的過程中難免顛簸，但也就是經歷了逆風，而成為現在的我們，那些悲喜回憶起來，仍舊會是熠熠生輝的。

是啊，那是青春的汗水。

因此，請務必翻開這本書，去和蘇瑾一起大汗淋漓一場。

目次

Chapter 01

早晨，熙熙攘攘的街道顯現出整座城市的繁忙，主要幹道塞滿了汽車，捷運湧進大批人潮。

而我，正用盡全力奔跑。

還有二十秒。

咬緊牙根，我朝著不遠處的建築物疾速衝刺，站在校門口的教官此刻舉起手，斜睨了眼手錶，然後轉過頭，與我四目相接。

十、九、八……

教官將手臂橫放在胸前，直直地望向我。

三、二、一……

秒數歸零的瞬間，鐘聲分秒不差地在我耳邊響起，而我的雙腳則穩穩地踩在校門口的界線上。

——安全上壘！

「這是第幾次了，蘇瑾？」相較於我的雀躍，教官的神情倒顯得十分無奈。

「呃……報告教官，這禮拜的話是第一次！」我得意地挺起胸膛。

他則是一副敗給我了的表情，「那是因為今天是禮拜一！」

「那我也沒講錯啊……是這禮拜的第一次。」我小聲嘟囔。

「蘇瑾，算教官求妳了，以後早一點來學校，不要每次都讓我看妳滿頭大汗的狼狽模樣。」

「那是青春的汗水。」我振振有辭地反駁。

他顯然不想與我爭辯，「行了，趕快進教室，不然我就要登記妳了。」

「是——」

我嘿嘿一笑，正準備邁開步伐時，一抹熟悉的身影忽然闖進我的視線。

——是孫晨曜。

我移開目光，故作沒看見似的從他身旁擦肩而過。

「真不愧是我們的蘇瑾。」他的聲音從後方傳來，遲疑半晌，最終我還是選擇回首，映入眼簾的是孫晨曜的微笑，「本月第十次安全壓線，佩服佩服。」

「誰跟你我們。」我鄙夷地看了他一眼，「還有，你是變態啊？偷偷記錄次數。」

「這叫關心。」他加深了笑容，「妳啊，從小到大幾乎沒有什麼優點，唯獨那雙腳。」

「謝謝喔，至少我還有一雙腳能讓你稱讚。」我故作感激地點了頭，「能得到我們孫大人的誇獎，受寵若驚。」

孫晨曜與我的關係，正是所謂的青梅竹馬。

我們自小到大便生活在一塊、「玩」在一塊，而且基本上都是我單方面地被「玩」。

以前我還可以為他開脫，說是小男生調皮、愛惡作劇，所以喜歡鬧人，但怎麼到了高中他還是一個樣。

孫晨曜那傢伙，根本就是個心智不成熟、長不大的小鬼。

尤其是那張嘴，幾乎不會對我吐出什麼好話。

「話說回來，你怎麼在這裡？早自習呢？」我狐疑地望向他。

「班導不在，每個禮拜一早上他都不會來，聽說是去進修。」

「風紀也不管？」

「都高中了，哪有人在管這個？大多都睜一隻眼閉一隻眼。」他說得一副理所當然，「再說，我跟風紀交情好得很，他真要登記，我說一下就沒事了。」

「我要跟你們老師告狀。」我賊然地笑。

「蘇瑾，妳是小學生啊？」孫晨曜鄙視地看向我，「還跟老師告狀。」

「你才小學生！」我不甘示弱地嚷嚷，「都幾歲了，還刻意跑到別人面前訕笑她今天沒有遲到。」

孫晨曜當作沒聽見似地別開頭。

學校裡有棵大榕樹，據聞創校以前就在了，而這棵榕樹的位置正好是交叉點，往左是教室的方向，往右則是操場。

走到大榕樹前，孫晨曜理所當然地往左轉，我卻停下了腳步，將目光投向不遠處的紅色跑道。

「妳在幹麼？」走了幾步發現我沒有跟上的孫晨曜，這時轉過身，一臉疑惑地問。

我盯著他，又瞥了眼操場，心裡有兩道聲音在互相抗爭、反覆拉扯。

掙扎許久，最後我將身體向右微轉，回道：「你先回教室吧，我要去操場一趟。」

「操場？」他不解地皺起眉，「妳去那幹麼？」

「你問題很多耶，回去就是了。」

「怎麼，難不成是去偷約會？」

很明顯的，這是孫晨曜隨口一提的玩笑話，可這個玩笑，卻猶如落雷般，擊在我的心上。

我感覺身體微微一震，緊張的情緒像是膨脹般快要衝破我的胸口，掌心滲出的汗水使我不自覺地握緊了拳頭。

「怎麼可能。」我扯了扯嘴角，故作沒事地回，「只是想偷懶蹺課，不行嗎？」

「也是。」孫晨曜認同地點點頭，「妳怎麼可能有男朋友。」

「囉嗦。」我狠瞪了他一眼。

孫晨曜沒有再多問什麼，而是說了聲再見後便往教室的方向走了。

看著孫晨曜逐漸縮小的背影，確認他真的離開後，我這才如釋重負地鬆了口氣，放心地邁開步伐。

早晨的陽光斜映在操場上，使磚紅色的跑道顯得格外耀眼。

我在操場旁的石階上坐了下來，目光則是朝跑道上幾個正在圍圈討論的男生移去。

很快地，我便找到那抹熟悉的身影，視線就這麼停在那人身上，定格住。

他的存在宛如一陣風，吹進我的心底。

——戴河俊，田徑社的主將，同時也是我只能放在內心偷偷關注的人。

會注意到學長，是在一次周末的下午。

那日陽光明媚，室外的溫度高得駭人，原本跟班上幾位同學約好了要一起打球，卻因為天氣太熱緣故，臨時將集合時間向後推延。

而當時的我已坐在公車上，不得已，只好提早到校，獨自在學校裡閒晃。

假日的校園相當寧靜，沿途幾乎不見人影，照理而言，周末的球場應該還是會有一些學生才對，今天卻是空蕩蕩一片。

看樣子，再怎麼熱血沸騰終究敵不過豔陽的高溫。

——除了跑道上的那個男生。

選了個有樹蔭的位置，我在操場旁的石階坐了下來，稍作休息，同時將目光朝那人投去。

他站在白色的起跑線上，正在踢腿，大概是為了接下來的練習做暖身。

拿出手機，我大略地滑了一下螢幕，查看是否有新訊息。

當我放下手機的剎那，那男生恰巧蹲下身，一腳膝蓋抵在地面上，另一腳則是微曲。

看著他專注起跑的模樣，我不由屏住呼吸，心底莫名泛起幾絲緊張。

微風吹過操場中央的綠地，草坪隨之擺動，耳邊的蟬鳴聲忽然大了些，顯得格外清晰。

時間的流速彷彿慢了下來，幾秒鐘的時間，恍若一世紀。

我嚥了口口水，原先近乎靜止的畫面，倏地動了起來。

好似有道無聲的槍響，那男生忽地向前衝刺，像是一顆子彈，如風一般朝終點線疾速奔去。

同一瞬間，我彷彿感覺到有另一顆子彈，往我的胸口直衝飛來。

筆直地，朝我的心口狠狠撞上。

而我就這麼毫無防備地被擊中。

一直以來，我對自己跑步的速度相當有自信，雖然沒有參加過田徑社或是田徑隊，但也見過不少速度驚人的對手，甚至較量過。

——但眼前這個男生，卻全然顛覆我的想法。

彷彿一把槌子，毫不留情地敲碎我對「快」的認知。

「你們認識那個人嗎？」

後來，我好奇地問了約好一起打球的同學，此時那個男生已坐在跑道旁的樹蔭下，正在喝水休息。

「咦？蘇瑾妳不知道嗎？」他們瞪圓杏眼，一臉不可思議地盯著我，「那是戴河俊學長啊，大我們一屆，同時也是田徑社的王牌兼社長。」

「戴河俊啊……」我喃喃重複道。

那天之後，戴河俊這個名字，宛如烙印般，深深地印在我的腦海裡。

這個祕密，誰也不知道。

我也沒打算讓其他人知道。

因為我很清楚，學長不是我能輕易觸及之人，所以我只能將這個祕密藏在心底的最深處，不讓任何人發現。

「幹麼，妳男朋友是田徑社的？」驀地，一道熟悉的嗓音從我的後方傳來，我隨即回過頭，孫晨曜的臉龐就這麼闖進我的視線，使我猛然一驚。

我感覺自己的心臟用力抽動了下，一股莫名的心虛此刻自心裡迅速竄起。

「……孫、孫晨曜，你怎麼在這？」我結結巴巴地問。

「被我說中了？」他沒有理會我的問題，反倒繼續追問，「是哪個？沒想到我們的蘇瑾居然有男朋友，藏得真好啊。」

「回答我，孫晨曜！」我怒瞪了他一眼，「你不是回教室了嗎？」

他沒有說話，僅是靜靜地凝視著我，不發一語。

被孫晨曜這麼仔細端詳，我突然有些不自在，彷彿有人拿著一根羽毛，在我的心上不斷挑弄，搔癢難耐。

「孫——」

「跟平常不一樣。」我正要開口，孫晨曜卻出聲了，「剛才的妳，很明顯的跟平常不一樣，就像是有什麼事情瞞著我似的。」

「哪裡不一樣了？」我不服氣地問。

孫晨曜究竟是從何處判斷出我的異常，我覺得我跟平時並無區別才對啊。

他的目光先是與我相接，明亮的眼眸透出幾絲猶豫。

半晌，孫晨曜別開眼，回了句：「反正我就是看得出來。」

「這是什麼不負責任的話！」

「我本來就沒義務告訴妳。」他冷哼。

我咬牙切齒地瞪向孫晨曜，卻又無可奈何。

「好了，現在該輪到妳回答了。」他雙手交叉橫放在胸前，表情一副理所當然，「妳男朋友是田徑社的？」

「你還好意思說輪到我。」我忍不住咕噥，「剛才那算哪門子的解釋。」

「再抱怨我就詛咒妳明天被登記遲到。」

「孫晨曜，做人不可以這麼惡劣！」我慌忙遮住他的嘴，阻止孫晨曜繼續說下去。

誰知道他會不會是張烏鴉嘴。

嘆了口氣，我澄清道：「我說了，我沒有男朋友。」

「不是男朋友？」孫晨曜瞇起眼，「——難不成是喜歡的人？」

孫晨曜的話，使我的心倏地漏了一拍。

我愣愣地看著他，喉嚨像是啞了般，半個字也吐不出來。

見我久久沒有回話，孫晨曜不禁皺起眉，輕喚了聲：「蘇瑾？」

聞言，我的思緒像是被人給用力地抽回現實，有點茫、有點不真實。

我木然地看著他，腦袋幾近呆滯地回了幾個單音：「……呃、嗯？」

「蘇瑾。」這一次，孫晨曜的眼神變了，變得極其嚴肅。

他認真的態度使我隨即回過神，不安地對上他的視線。

「幹、幹麼？」我嚥了口口水，語氣不自覺小心翼翼了起來，「你生氣了？」

「我沒生氣。」孫晨曜依舊嚴肅，他仔細地凝視著我，就跟方才一樣，沉默不語。

不同的是，這次他的表情讓我感到害怕。

如果說剛才的感覺像是有人拿著一根羽毛在我的心上搔弄，那麼現在大概就是有人拿著一把刀抵在我的心上，使我膽顫心驚。

好好的，怎麼說變臉就變臉？

孫晨曜不當演員實在可惜了，尤其這張臉，很適合去拍懸疑片。

「是被我說中了？反應才這麼大？」良久，孫晨曜再度開口，表情也恢復成原來的模樣。

「才、才沒有，你不要胡亂瞎猜。」我別開眼，不敢與他對視。

「沒有的話，為什麼不敢看我？」

「又沒有人規定我一定要一直看著你。」我誇張地嘆了口氣，十分委屈，「好歹我看你這張臉也看了十六年，總有看膩的時候吧？」

他翻了個白眼，直接無視這段話，「我就當妳認了。」

「喂，你別擅自給人下定論！」

他顯然不想理會我的抗議，而是另啟話題，「蘇瑾，給妳個忠告。」

「什麼？」

「單戀太苦，不適合妳。」不給我任何思考的時間，他接著道：「假如你們已經交往了，我不會阻攔妳，但如果今天妳只是單戀，那我還是勸妳趕快放棄。」

孫晨曜的話使我頓時一怔。

我沒有回答，僅是愣然地望著他，腦袋霎時間一片空白。

隨著時間的流逝，一股複雜的情緒自心底蔓延而開，一點一滴，悄悄地、緩慢地縈繞整顆心，那股情緒蘊含著錯愕、疑惑——

以及憤怒。

「憑什麼……」我握緊拳頭，聲音明顯夾雜著顫抖，「你憑什麼叫我放棄？」

孫晨曜沒有應答，卻問了我另個問題，「蘇瑾，妳是真的有喜歡的人嗎？」

「這很重要嗎？」我蹙緊眉，忿忿地反問：「無論有或沒有，你憑什麼叫我隨便放棄？你明明什麼都不曉——」

「——不是隨便。」打斷我的話，孫晨曜神色陡然一變，和方才的表情相同。

他認真的眼眸，挾著幾絲我讀不出的情感。

「我再說一次，單戀太苦，不適合妳。」他一字一句緩慢地說：「所以，不要輕易嘗試。」

說完，孫晨曜直接轉身，頭也不回地離開，留下陷入混亂的我。

＊＊＊

「單戀太苦，不適合妳。」

這幾天，孫晨曜的話縈繞在我的腦海裡，揮之不去。

不適合我？為什麼不適合我？

有人天生就適合單戀的嗎？

甩甩頭，我讓自己不去多想，這幾天因為這件事，我已被弄得心煩意亂，疲憊不堪。

更令人氣憤的是，整件事的兇手——孫晨曜，在那之後待我的態度和平日並無不同，彷彿只有我像個笨蛋似的獨自煩惱。

反正想破頭也不會有答案，再繼續深究我就是傻子。

雖然我好像已經當了好幾天的傻子了。

午後的操場，被烈陽毒辣地曬了一整個早上，滾燙的彷彿快要融化似的。

燥熱的空氣讓人忍不住起了逃課的念頭，這個天氣再加上這個時間點，即便是可以逃離學科的體育課也實在讓人開心不起來。

「饒了我吧……為什麼偏偏是今天測百米。」一旁的詩潔哀怨地拉了拉衣領，從額頭上滲出的涔涔汗水不斷滑落下來。

詩潔跟我，因為開學恰巧坐在隔壁的緣故逐漸熟稔起來，最後變成了好朋友。

雖然是好朋友，但學長的事，我並沒有告訴她。

「跑完不就沒事了嗎？這樣不是很好？」我不解。

「是沒錯啦……」她揮揮手，試圖搧出一點風，卻徒勞無功，「但用盡全力衝刺後，汗絕對是像瀑布一樣瘋狂地流，我光是用想的就渾身不舒服。」

「會嗎？」我歪頭輕笑，「全力衝刺後不是應該很痛快嗎？」

詩潔對我投以鄙夷的目光，「只有妳這麼想吧？像我們這種跑不快的人，怎麼跑怎麼累，哪裡痛快。」

「跑步是件很開心的事啊。」我試著說服。

詩潔翻了個白眼，顯然不領情，「這天氣簡直是一種折磨。」

聞言，我忍不住失笑。

也是，衝刺之後的愉悅並不是人人都能體會。

但我想，那個人應該是最能理解的。

想起學長的臉，我不禁加深了笑容。

＊＊＊

砰——

響亮的槍聲蓋過了學生們的喧鬧。

待前一組的人跑到中間後，我邁開步伐，向前兩步，腳尖抵著起跑線的畫面使我不由雀躍起來。

正如孫晨曜所言，從小到大，我確實沒有什麼優點，唯獨這雙腳，是我難得的驕傲。只有在跑步的時候，我才能確切地感受到屬於自己的價值。

「下一組準備。」

我蹲下身，儘管跑道被豔陽曬得發燙，我仍做出起跑姿勢，讓一腳的膝蓋抵在磚紅色的地面上——就像那天的學長。

我也想變得跟他一樣。

「預備——」

老師的聲音使我弓起身，槍響的瞬間，我蹬了一下地板，接著拔腿向前衝刺。

薰風毫不留情地打在我的臉上，帶來了阻力，彷彿要我放棄般阻止我前進。

拋開腦袋裡的雜念，我咬緊牙，使盡全力加快了些速度。

眼裡唯一看得見的，就是不遠處的終點線。

——那就是我的目標，同時也是我的歸處。

越過白色線的剎那，緊繃的身體頓時鬆懈下來，我將雙手抵在膝蓋上，大口大口喘著氣。

嗶——

而站在終點線的詩潔則是在同一時間按下秒錶，然後一臉震驚地朝我奔來。

「天啊，蘇瑾！」詩潔是計時人員，我這道恰巧由她記錄，「十三點一，妳也未免太快了吧？」

「這個秒數……」我一面拭去額頭上的汗水，一面搖頭，「還不行。」

跟學長的速度相比，我簡直差了一大截。

「什麼？」詩潔微愣，大概是沒料到我會這麼回答，她驚愕地眨眨眼，「這樣還不行？那要幾秒才算可以？」

「至少十二開頭。」

「妳是要參加比賽嗎？蘇瑾。」詩潔莞爾，「以沒有接受過田徑訓練的人而言，妳這個秒數已經相當驚人了。」

「訓練啊……」我喃喃重複著詩潔的話，半晌，這才點首表示認同，「也是。」

「對吧，所以妳也別太苛——」詩潔的話還沒說完，便被其他計時的同學給拉走，大概是下一組要準備起跑了。

「妳先忙吧，我去石階休息，等妳測完再來找我。」計時人員通常是最後一組測跑，由老師在課堂一開始隨機抽選。

原本以為跑完就沒事的詩潔，在得知自己被選為計時人員時一臉哀怨。

看樣子她的籤運不太好。

「好，我再去找妳。」

在得到詩潔的回覆後，我轉身朝操場旁的石階走去。

而腦海浮現的，是詩潔方才的那席話。

「沒有接受過田徑訓練的人而言，妳這個秒數已經相當驚人了。」

田徑訓練啊……

雖然我的跑速在同齡層的女生中算是突出，但也不到頂尖。

之所以沒有參加田徑社或田徑隊，沒有其他原因，純粹不想而已。當時只覺得，能拿來躲掉遲到就很不錯了，並沒有思考太多。

然而自從那天看完學長跑步之後，我的內心逐漸起了變化。

總覺得自己好像還有哪裡不足、哪裡還得加把勁，可思來想去，就是沒想到真正關鍵。

而這個關鍵，卻無意間被詩潔給說了出來。

是啊，訓練。

就是缺乏訓練，才永遠覺得自己少了點什麼。

扭開瓶蓋，我喝著水，餘光卻發現一道視線往我這個方向投來。

我環顧四周，附近除了我之外，還有兩個男生。

我困惑地順著那道視線移去，在發現目光的主人後，我倏地一怔，原先喝到一半的水這時從喉嚨嗆了出來。

我痛苦地咳了幾聲，巨大的動作引起旁邊男生的注意。

「蘇瑾，妳還好嗎？」其中一個男生關切地問。

「沒……」我正想回沒事，卻又接連咳了幾聲。

片刻，待狀況平復下來後，我這才虛弱地勾起嘴角，沙啞地回了句：「……沒事。」

他們對望一眼，又看了看我，在確定我沒問題後，這才坐回原位繼續聊天。

我抬起頭，朝方才的方向望去，那人卻已經不見了。

——是戴河俊學長。

「怎麼了？瞧妳一副若有所思的樣子。」時間不曉得過了多久，詩潔的聲音忽然從耳邊響起。

我先是被她的出現給嚇了一跳，半晌，待情緒稍微平復後，這才反問了句：「測完了？」

「嗯。」她聳聳肩，笑得無奈，「十六點六秒。」

「別那麼沮喪嘛，人各有所長。」我試圖安慰，卻換來她的竊笑。

「是啊，難怪蘇瑾的頭腦不太好。」

「過分！」我用手肘撞了一下她的腰，詩潔立刻發出哀號。

真是，好心沒好報，詩潔這傢伙，嘴巴怎麼就跟孫晨曜一樣壞。

地問。

「開個玩笑、開個玩笑。」詩潔像是做錯事的孩子向我求饒。

我滿意地看著她的臉，這才收回原本蓄勢待發的第二擊。

「話說回來，妳在想什麼，想得這麼出神？」詩潔扭開水瓶，接連灌了幾口水後，好奇地問。

我沒有回答，而是望向遠方，心裡宛如有個天秤在左右擺晃。

掙扎許久，最後我拋出另個問題給她，「詩潔，妳覺得……我去田徑社怎麼樣？」

「咦？」她顯然被我的疑問給嚇了一跳，詩潔瞪圓杏眼，模樣相當震驚，「沒來由的，怎麼突然這樣問？」

抿抿唇，我欲言又止地看著詩潔，良久，這才緩緩開口：「我只是在想，如果我去接受田徑社的訓練，是不是能跑出更好的成績？」

「妳對現在還不夠滿意啊？」詩潔不理解地笑了笑，「妳真的想跑到十二秒開頭？」

聞言，我驀地一愣，同時陷入沉思。

彷彿一窪流沙，慢慢地、一點一滴地，將我吞噬其中，使我感到迷茫。

我想跑到十二秒開頭嗎？

詩潔的話，好像對、又好像不太對，大致上看似沒錯，實際上卻又存在著我看不見的疏漏。

能提升我的腳程，確實是我的目標。

假如我能跑得再快些，總覺得就能離心中的憧憬更靠近一點。

「蘇瑾？」見我久久不語，詩潔狐疑地推了下我的肩膀。

我只好尷尬地笑了笑，「我只是想知道自己的極限在哪裡。」

「原來如此，那我覺得妳可以試試啊。」她認同地頷首，擺出加油的姿勢，「反正現在才高一，趁著課業壓力還沒那麼重的時候，放手試一試也未嘗不可。」

「嗯，我再想想。」我踢著腿，眼角餘光瞄到腳邊的水瓶，想起方才的畫面，我忍不住問：「對了，詩潔，現在有其他高二的班級在上體育課嗎？」

「這個嘛……」她歪頭想了一會兒，隨後皺起眉，回：「我不確定，不過剛才我確實有聽到一個老師喊著三班集合，但那並不是我們這屆，至於是不是高二我就不曉得了，也許是三年級的？」

三班……

記得之前打探學長消息的時候，曾聽說他是三班的學生。

思及此，我更加確信方才我所見到的人就是戴河俊學長。

——那張臉，我絕對不會弄錯。

「妳沒事問這個做什麼？」詩潔狐疑地盯著我，須臾，她瞇起眼，賊然地笑，「——難不成，妳有喜歡的學長？」

我感覺身體瞬間一僵。

像是祕密被拆穿似的，我頓時感到心虛，幾度想別開視線。

但是我知道，這麼做一定會讓詩潔起疑，就如同當時的孫晨曜。

捏緊手心，我扯了扯嘴角，故作沒事，「妳還真會聯想，有夠八卦。」

說完，我嘖了一聲，打算藉此敷衍過去。

「咦？難道不是嗎？」詩潔先是露出遺憾的表情，但很快地，就被一張曖昧的笑容給取代，「沒有也好，不然我們家的孫晨曜可就要戴綠帽了。」

「什麼戴綠帽！」我嫌棄地蹙緊眉，「我何時跟他成了一對？」

「嗯？這不是大家都知道的事嗎？」詩潔瞪著無辜的雙眼，「妳跟孫晨曜是青梅竹馬，就算不是情侶也差不多快交往了吧？」

我聽了忍不住翻了個白眼，差點沒暈倒，「誰說青梅竹馬就會交往？我們就只是一般的青梅竹馬，現在是這樣，以後也會是這樣。」

「孫晨曜不好嗎？」詩潔搖搖頭，神情不甚理解，「好歹他也是我們這屆的知名人物，人氣雖然不及二年級的張承勳跟戴河俊，但也有不少死忠的粉絲。」

她將食指抵在我的額頭上，一字一句用力地說：「蘇瑾，妳這個態度真的會遭、天、譴。」

「妳才遭天譴。」拍掉她的手，我冷哼，「還有，那傢伙跟河俊學長可差多了，別把他們相提並論。」

語落的瞬間，我意識到自己提了不該提的名字。

一顆顆名為緊張的微小粒子，此時滲進我的皮膚，竄遍全身。

我再度捏緊手心，並悄悄地觀察詩潔的反應。

「哦——」她出聲的剎那，我感覺自己冷汗直流，「原來蘇瑾是河俊學長派啊？」

她莞爾，燦爛的笑容使我不禁鬆了口氣。

緊繃的神經，頓時舒展開來。

「還河俊學長派咧。」我不禁失笑。

「唉，河俊學長的臉雖然長得好看、跑步的樣子也很帥，缺點就是太冷了，那冷若冰霜的態度我實在無法。」下一秒，她彎起眼眸，猶如新月般，「我還是比較喜歡承勳學長那種暖男型，彷彿春日裡的太陽。」

「是、是，春日裡的太陽也不會照在妳身上。」我毫不留情地打碎她花癡的幻想。

「囉嗦！」她瞪了我一眼，「學長本來就是拿來遠觀的，我靜靜地在遠處欣賞就好。」

我沒有說話，而是無奈地笑了笑。

明明這話是從詩潔嘴裡說出，可我聽著聽著，卻覺得有些心酸，甚至帶點苦澀。

是啊，學長原本就不是我能輕易接近的人。

這一點，我很早以前就明白了。

原來就已經領悟的事實，隨著詩潔的這番話，又更加深刻了些。

恍若一根釘子，深深地、用力地，刺進我的心坎。

疼得讓人忍不住泛淚。

＊＊＊

傍晚，放學後的教室幾乎空無一人。

環顧四周，僅有零星幾個書包在座位上，卻不見其他人蹤影。

有的打球、有的買晚餐，整間教室空蕩蕩的，只剩下我還在座位上。

緩慢地收拾文具，將課本放進書包後，我站起身，悠哉地步出門外。

夕陽的餘暉映紅了整條走廊，將牆邊的花草染上一抹艷紅。

我反射性地瞇起眼，並伸手遮住光線，快步走下樓梯。

教學大樓的格局大致可分為兩棟大樓，一為北棟，主要是高二的班級，南棟則是高一新生。

由於北棟的位置比較靠近校門，通常高一的學生離開時，沿途會先經過一樓的中庭，來到北棟，最後才會走出教學大樓。

穿過中庭，我滑著手機，隨意瞥了周遭幾眼，意外發現一抹熟悉的身影。

那人斜靠在對面的樓梯轉角，沒有任何動作，僅是佇立在那。

我先是一愣，腳步隨即停下，不再前進。

我不自覺抓緊書包的背帶，小心翼翼地觀察著眼前的人，然後向後慢慢退了一步、兩步……

我甚至想直接拔腿衝進一旁的花叢，可我沒這麼做。

應該說，我做不到。

僵直的雙腳使我連移動步伐都相當困難，更遑論奔跑。

三步、四步……

當我準備向後踏出第五步時，那人像是察覺到了什麼，忽然轉過頭，與我四目相接。

我瞬間僵住身體，動彈不得。

空氣充斥著緊張的氣息，我咬緊下唇，盡可能地保持鎮定，同時深深地吸了口氣，試圖穩住情緒。

我們就這樣對望了一、兩分鐘，誰也沒移動。

僵持片刻，對方邁開步伐，面無表情地朝我走來。

「名字。」走到我面前，他停在距離我約莫三十公分的地方，語氣淡然，「妳的名字。」

沒想到他會用這兩句話作為開場白，我又驚又慌，趕緊回答：「蘇、蘇瑾……」

「蘇蘇瑾？」他皺起眉。

「是蘇瑾！」我急忙更正。

看樣子，人果然不能慌，一慌連話都講得不清不楚。

「蘇瑾，是嗎？」他喃喃道，然後理解地頷首。

抿抿唇，我加重了力道，幾乎是用「掐」的方式捏住書包的背袋。

我忐忑地對上他的視線，忍不住問：「學長……有什麼事嗎？」

「妳知道我？」他的眼底倏地閃過一絲驚訝，但很快地又恢復成原來的模樣。

「嗯，知道。」

這所學校不曉得戴河俊的學生，大概屈指可數。

即便不從身旁的同儕得知，也一定曾在朝會上聽過這個名字，每逢縣賽，學長總會摘下錦標，替校爭光。

有時學校甚至會在校門口貼出紅布條，大肆慶祝，相當壯觀。

「那我就不自我介紹了。」學長的眉頭這時舒展開來，彷彿我替他省去了不少麻煩。

看來傳聞不假，都說學長是個不太開口的人，果真如此。

「蘇瑾，有興趣加入田徑社嗎？」像是天外飛來一筆，學長的話出乎我意料之外，使我倏地一怔，啞口無言。

良久，我這才勉勉強強地從嘴裡擠出一句：「……什、什麼？」

他以為我沒聽清楚，又重複了一次方才的問題，「妳有興趣加入田徑社嗎？」

「不、不是……」我木然地眨眨眼，澄清道：「我的意思是……學長怎麼突然問起這個？」

聽完我的解釋，他瞬間恍然大悟，「下午，下午體育課的時候，我曾看過妳跑步。」

下午？

沉思幾秒，我的腦袋立刻浮現體育課在石階上與學長相互對視的畫面。

——那個人，真的是學長！

「雖然預備姿勢不夠正確、起跑也不夠流暢，但就一個沒有接受過田徑訓練的人而言，這速度已經相當驚人了。」他凝視著我，語調極為認真，「不排斥的話，要不要試著加入田徑社？」

學長的話好似裹著一縷誘人的糖衣。

面對這項提議，我沒有作聲，僅是愣愣地看著他。

雖然下午我曾向詩潔詢問過意見，也曾思量過關於入社的事情，可我萬萬沒想到，戴河俊學長居然會跑來找我。

他的出現，宛如一塊巨石，投入我平淡如水的生活中，引起劇烈翻騰，並掀起漫天浪花。

緊咬下唇，我悄悄地覷了學長一眼。

他的目光依舊定格在我的身上，沒有移開。

沉默在空氣中蔓延而開，彷彿一塊無形的鉛石，往我的心尖上壓去，沉重無比。

「妳好像很為難。」良久，學長打破死寂，淡淡開口：「抱歉，我不該一直逼妳。」

「不是的！」我一聽，立刻反駁，「我只是太震驚，所以……」

「震驚？」他不甚理解地蹙起眉。

被他這麼一問，我頓時不曉得該做何反應，只好困窘地搔著耳根，「呃……因、因為我從沒想過學長會邀請我入社，所以、所以……」

「妳跑這麼快，從來沒有人邀請妳加入田徑社嗎？」他的眼底浮現幾絲狐疑。

看著學長，我的心情感到一陣複雜，既無奈又慶幸。

無奈學長誤會我的意思，同時也慶幸他沒有弄對重點。

學長大概不會猜到，我震驚的原因會是他自己吧？

見我沒有應聲，他再度張口：「沒關係，妳慢慢考慮，想好答案再告訴我。」

我微微頷首，表示了解。

「我的班級是二零三，有任何問題都可以說。」說完，他抓著書包背帶，並側過身，「先走了。」

「學長再見。」我朝他揮揮手，然後目送他離開。

看著學長的背影，我的內心不曉得為什麼，浮現一絲躁動。

隨著那抹背影逐漸縮小，我感覺心裡的那股躁動愈是劇烈。

彷彿一壺即將沸騰的水，無數個細小的氣泡自壺底不斷湧現，而表面的水亦開始激烈翻騰，愈演愈烈、愈演愈烈——

「學長！」沸騰的剎那，我再也抑制不住那份躁動，扯開喉嚨大喊。

正要離開教學大樓的學長，聽到我的聲音隨即停下步伐，回頭望向我。

我飛快地跑到學長面前，先是喘了幾口氣，氣喘吁吁地問：「那個、學長……我真的、我真的可以嗎？」

「什麼？」

抓緊衣角，我咬著下唇，輕聲地問：「你覺得……我真的適合加入田徑社嗎？」

我不安地瞥了學長幾眼，幾秒鐘的等待，恍若一世紀那麼漫長。

他沒有答話，僅是靜靜地凝視著我。

良久，我正打算放棄時，學長出聲了：「適不適合我並不清楚。」

聞言，我頓時感到些許失落，學長的聲音卻再度從耳邊傳來，「但是我很期待。」

抬起頭，我驚訝地望著學長，那雙毫無波瀾的眼眸，此刻多了一絲和藹。

「我很期待。」

短短的四個字，看似簡單，卻足以撼動我原來的世界。

＊＊＊

這幾日，田徑社的事宛如一縷輕煙，在我的腦海不斷徘徊，揮之不去。

即便我很努力地想要得出結論，然而反覆思量的結果，終究是沒有結論。

我很清楚，這種事要是沒有一個突破口，想再多也只是徒費力氣，於事無補。

道理我是知道的，只是那個突破口，我卻怎麼也找不著。

領著入社申請單，我緩緩步出教務處。

與其待在教室兀自煩惱，倒不如來一點實際行動，看看能不能刺激自己。

我一面看著申請單，一面朝教學大樓前進，忽然，一道熟悉的聲音喊住了我。

「蘇瑾？」

回過頭，孫晨曜的臉龐映入眼簾，使我一愣。

「還真的是妳。」在確定是我後，他勾起嘴角，加快步伐朝我走來。

我心一驚，趕緊將入社申請單對折，迅速藏到身後，不讓孫晨曜發現。

「……這麼巧。」我勉強自己擠出一絲笑容，若無其事地開啟話題：「你剛剛去哪？」

「班導找我去辦公室。」

「不會是風紀包庇你蹺課的事被抓到了吧？」我賊笑。

「那我第一個絕對懷疑是妳去告的狀。」他給了我一記白眼。

「咦？所以不是囉？」我誇張地嘆了口氣，語氣惋惜，「真失望。」

「我的痛苦就是妳的快樂，妳是這個意思嗎？蘇瑾。」孫晨曜向前踏了一步，在我的臉上來回掃視。

我們之間的距離，近得我幾乎都能感受到孫晨曜的鼻息。

「你、你沒事靠這麼近幹麼啊？」我嚇得連忙推開他，卻忘了右手藏著一張不能讓孫晨曜發覺的東西。

當那張申請單出現在我眼前時，我在心底暗暗喊了聲不妙。

正想收回時，卻為時已晚——

「這是什麼？」孫晨曜抽走我手上的紙，打量著，「入社申請單？」

我沒有說話，而是捏緊手心。

「蘇瑾，妳要加入什麼社團？」他晃動手上的紙，一臉疑惑地盯著我。

「我、我還在考慮啦，還沒確定。」伸出手，我急得想要搶回申請單，卻被孫晨曜輕巧躲過。

「好吧，那我換個方式問。」他刻意將申請單舉在我墊腳也拿不到的高度，目光逼人，「妳想加入什麼社團？」

「這很重要嗎？」我跳了幾下，別說拿了，那張紙就連碰我也碰不著。

孫晨曜似乎是非聽到我的答案不可，將手舉得更高一些，讓我澈底放棄投降。

「妳不回答，我就不還給妳。」

我瞪了他一眼，沒好氣地回：「算了，大不了我再拿一張。」

說完，我轉身準備朝教務處的方向前進時，手臂卻被人給緊緊抓住。

我望向孫晨曜，語調不耐，「放手。」

「不要。」

「你到底想怎樣？孫晨曜。」

「我想要妳的回答。」他直直對上我的眼眸，神情認真。

我先是一怔，腦袋霎時一片空白。

半晌，我這才反應過來，不解地問了句：「為什麼？」

孫晨曜沒有說話，依舊緊盯著我。

四周的喧鬧聲和嬉笑聲忽然大了些，兩人陷入了沉默。

不曉得是這陣沉默還是他的視線讓我感到不自在，我尷尬地別開眼，孫晨曜的聲音突然落入耳裡。

「是田徑社嗎？」

轟的一聲，他的話彷彿一道落雷，不偏不倚擊在我的心上，使我瞬間無法動彈。

「那個有妳喜歡的人在的田徑社嗎？」他再度張口。

聽到關鍵字，我的思緒立刻被拉回現實。

回過神，我皺起眉，狐疑地望向他，「你這句話是什麼意思？」

「字面上的意思。」他的嘴角沒了笑容，「是因為那個人，妳才想加入田徑社嗎？」

聞言，我驀地感到一陣錯愕，同時陷入沉思。

沉寂良久，我搖頭，「……不完全是。」

「所以有一部分原因是因為他？」

對上孫晨曜認真的眼眸，我不打算逃避，而是誠實地回：「嗯，我想變得跟他一樣。」

這樣的動機，的確跟學長有關吧？

這一次，換他皺起眉頭，不甚理解，「變得跟他一樣？」

我的腦海浮現學長奔跑的畫面，想到這裡，我不由揚起笑容。

「嗯，就像一陣風，我想要像他那樣自由自在地奔跑。」

聽到我的回答，孫晨曜忽然放開緊抓著我的手。

我困惑地看向他，正想問怎麼了時，他先開口了：「沒事了。」

「啊？」我不明所以。

「我以為妳是因為戀愛才加入田徑社。」孫晨曜眺望遠方，「如果是這樣，我一定阻止妳。」

轉過頭，他的視線再度回到我身上，「但是，倘若妳是為了自己而跑，那我就不說話了。」

「……孫晨曜？」我愈聽愈發糊塗，這一刻，我這才驚覺原來自己似乎不如想像中那麼了解他。

明明是相處十幾年的青梅竹馬，明明我應該對他瞭若指掌。

但這剎那，我突然茫了。

「蘇瑾，雖然我平時對妳也沒有多好，但是我真的不希望妳受傷。」

「你也知道對我不好。」我忍不住調侃，試圖緩和這緊繃的氣氛。

然而，孫晨曜卻又補了一句：「我是認真的。」

我愣了愣，腦袋鬧轟轟的，無法思考。

「走吧，要打鐘了。」孫晨曜的聲音再次響起。

我木然地眨眨眼，片刻，這才喔了聲，快步跟上他的步伐。

但來自心底的騷亂卻怎麼也止不下來。

＊＊＊

驕陽似火，湛藍的天幾乎不見半朵白雲。

陽光透過窗戶斜照在我的書桌上，絢爛奪目，使我不由瞇起眼。

轉著筆，我漫不經心地翻著講義，繁複的文字令人不禁打了個呵欠，昏昏欲睡。

如此大好的天，我不僅沒有出門，反而在書桌前用功讀書。

我真的該給自己一個熱烈的掌聲。

「別裝了，蘇瑾，我知道妳半個字都沒看進腦裡。」驀地，一道熟悉的嗓音自我的後方響起。

我先是一驚，隨即回過頭，發現孫晨曜在我的身後不斷竊笑。

「你、你……怎麼在這？」

「怎麼？我不能出現在這？」他輕挑著眉，一副理所當然。

「當然不行，這裡是我的房間耶！」我立刻站起身，將孫晨曜往門口的方向推去，「你一個男生，怎麼能隨隨便便踏進女生的閨房。」

「閨房？」他環視四周，然後莞爾，「蘇瑾，妳覺得這裡像是女生的房間嗎？」

「喂，你說話客氣點喔！」我急得趕緊將掀了幾角的棉被鋪好，然後把丟在床上的衣服塞進衣櫃，「好歹外觀還是能看的。」

他再度挑眉，「是我說了之後才能看吧？」

「囉嗦！」我狠狠地瞪了他一眼，忍不住抱怨，「真是，一定又是媽放你進來的，也不想想我的感受……」

聽到我的嘮叨，孫晨曜嘴邊的笑意更深了些。

看著他得意的模樣，我更是一肚子氣。

媽真是個叛徒！

孫晨曜的家就在隔壁幾間，走沒幾步就能到的距離。

也因此，從小他就經常跑來我家玩，不僅跟我分食點心，三不五時還會跑進我房間鬧我。

小時候就罷了，可我都長大了，媽怎麼還輕易放行！

到底誰才是她親生的孩子？

「如何？申請單交了沒？」像是天外飛來一筆，孫晨曜忽然問起我田徑社的事。

他的問題來得太突然，讓人有些措手不及。

我沒有答聲，僅是愣愣地看著他，錯愕的情緒彷彿一顆氣球，在內心不斷膨脹，佔據我的思緒。

良久，我深吸了口氣，試圖平復心情。

對上孫晨曜的眼眸，好奇地問：「你來找我就是為了這件事？」

「不是。」他搖頭，「這只是順便。」

「還順便咧……」我一面碎念，一面從書包裡拿出入社申請單，平放在桌上。

「妳還沒送出去？」孫晨曜語氣明顯流露出驚訝，這讓我有點詫異。

「怪了，上禮拜你明明就不希望我加入田徑社，怎麼現在又在催我送單？」我狐疑地望向他，覺得莫名奇妙。

「我沒有不希望妳加入田徑社，我只是不希望妳是為了談戀愛才入社。」他更正。

我沒有回話，目光則是落在申請單上，陷入沉思。

「難道妳有什麼顧慮？」

「是沒有……」坦白說，我也不曉得自己在糾結什麼。

但每次我想向前邁出一步時，內心總有一股力量將我往後拉，使我卻了步。

反覆幾次，結果就是我依舊停留在原地，沒有任何移動。

「沒自信嗎？」在聽到我的回答後，孫晨曜輕笑了起來，「蘇瑾妳啊，從小就是這樣，表面看似倔強，但其實很容易受動搖，而且特別沒自信。」

聞言，宛如祕密被拆穿似的，我羞赧地別開眼。

在孫晨曜面前，我總有一種赤裸裸的感覺，彷彿什麼事他都知曉，我想藏也藏不住。

「既然沒有其他顧慮，那就放手去試吧。」他聳聳肩，語調輕快。

「你說得倒簡單。」

「本來就很簡單啊，是蘇瑾妳把事情想得太複雜了。」他輕哂，「真的不行，大不了退社而已。」

孫晨曜的話，使我倏地一怔。

恍若逐漸放晴的天空，灰色黯淡的烏雲慢慢散去，透出一絲曙光，讓人有種豁然開朗的感覺。

我盯著孫晨曜，久久不語，心卻明朗了起來。

是啊，我究竟在迷茫什麼？

是不是我把事情想得過於繁雜了？

這麼簡單的道理，我花了這麼久的時間都沒領悟出來，倒是孫晨曜替我解答了。

「想通了嗎？」他仔細端詳我的臉，然後笑了，「看妳的表情，似乎是明白了。」

我難為情地撇過頭，「……囉嗦。」

我自以為掩藏的很好，不料我的所有心事在這人面前，如同被攤在陽光下般，顯露無遺，毫無遮掩。

「所以你來找我有什麼事？」良久，我率先開口，好奇地問。

「對喔，差點忘了。」他挑了挑好看的眉宇，「分組意願單，妳填了嗎？」

「還沒。」我搖頭，「不是還有一個禮拜才要交嗎？」

「嗯，是還有一個禮拜。」他又問，「那妳想好要選什麼組別了嗎？」

我狐疑地看向他，「你問這個幹麼？」

「怎麼？不能問嗎？」孫晨曜挺起胸膛，理直氣壯地反問。

我忍不住翻了個白眼，「等你選好我再選。」

「為什麼？」他面露不解。

「你應該不會選一類吧？」我解釋道：「反正二、三類我都行，你選二類我就選三類，你選三類我就選二類。」

「妳現在是故意跟我作對嗎？蘇瑾。」我彷彿可以感覺到孫晨曜的額頭緩緩浮現青筋，眉角不斷抽動。

「我是為了自己好。」我向後退了一步，手握拳擺在胸前，做出防禦姿勢，「跟你在一起實在太危險了。」

「是嗎？」孫晨曜彎起嘴角，眼眸彎如新月，笑得燦爛，「那往後的每一天，我就讓妳都活在危險之中。」

我愣了愣，隨即揪住他的衣領，「什麼意思？」

「之後妳就懂了。」他像是拍掉蟲子般的撥開我的手，無視在後頭抗議的我，逕自走出房間。

我疑惑地目送他離開，並甩甩頭要自己別想太多。

就算真的選了同個組，也未必會同班，按照往年大概是五分之一的機率。

應該沒這麼倒楣吧？

當分班結果出來時，我確確切切地領悟一個道理。

——人果然不能存有僥倖心態。

原以為五分之一的機率應該沒那麼容易同班，然而孫晨曜的名字卻和我印在同一行。

揉揉眼睛，我拚命說服自己看錯了，反覆確認了幾次，結果終究沒有任何改變。

——往後兩年，我跟孫晨曜成了同班同學。

還真是孽緣啊、孽緣。

慶幸的是，我和詩潔依舊在同個班級。

看著班上幾個因為跟孫晨曜同班而雀躍不已的女生，我不禁搖頭嘆氣。

別騙了啊，這傢伙簡直就是披著人皮的狼，邪惡的很。

＊＊＊

七月，烈陽高照。

隨著暑假的來臨，許多事開始起了變化，例如分班。

——例如我加入田徑社。

砰——

響亮的槍聲響徹了整個操場，一抹身影飛快地從起跑線向前衝刺，筆直地朝終點奔馳而去。

那如風一般的存在，深深地捉住我的目光，讓人捨不得移開。

「十秒點八。」一位紮著馬尾的女生佇立在終點線旁，當河俊學長越過白線的剎那，她按下碼錶，面帶微笑道：「又進步了，戴河俊。」

「是嗎？」他朝那女生靠近一步，表情雖是一如往常的平淡，眼角卻隱隱約約透出一絲笑意。

對此，我不由一怔。

還來不及整理好思緒，便見學長朝我揮手，示意要我過去。

「這位是新加入的學妹，蘇瑾，從今天開始她就是田徑社的一員了。」田徑社其他人圍成一圈，視線伴隨河俊學長的話集中在我身上，使我不免有些緊張。

大概是察覺到我的異樣，方才那位女生輕拍著我的肩，微微一笑，「沒事的，不要緊張。」

我沒有說話，僅是尷尬地頷首。

她先是輕哂，接著轉過頭，環視了一圈，「你們這樣盯著學妹看，把學妹嚇跑了怎麼

辦？」

聞言，其他人紛紛出聲，急忙解釋：「沒、沒有啦，太久沒有女生加入，我們只是一時太好奇，才多看幾眼。」

一位學長更是一臉無辜，「學妹，妳可別因為這樣就退社了，學長們不是變態。」

聽到他的澄清，我忍不住噗哧一笑。

原先困窘的氣氛，隨著那女生的兩句話逐漸活絡起來。

彷彿打了結的繩索，被人給解開，得到紓解。

田徑社的暑期訓練安排得相當密集，扣除假日，每天的集訓時間是從早上十點至傍晚四點。早上大家會先一起暖身，抬腿、跨步以及漸速跑，下午則是個人專項訓練。

所謂的漸速跑，便是前五十公尺由慢到快逐漸加速，最後五十公尺全力衝刺。

由於每個人的體能狀況不同，為此，教練為每個成員精心設計了一套菜單，令人不禁深感佩服。

而那個女生每個禮拜固定會來一天，有時比較特別，會到兩天，起初我還以為她跟我一樣是田徑社成員，後來透過其他學長才得知，原來她是田徑社的地下球經，沒有正式掛名，卻默默做了不少事。

「十二點六。」按下碼錶，教練嘴角噙著一絲淺笑，「有進步喔，蘇瑾。」

我睜亮了眼，「真的嗎？」

「嗯。」他點點頭，毫不吝嗇地稱讚道：「以新人而言，妳進步得很快，不愧是河俊介紹的人，資質果然與眾不同。」

面對教練的讚揚，我不由感到害臊，靦腆一笑，「哪裡，也許學長只是想找個女生加入田徑社，而我湊巧被他發現罷了。」

「河俊不會做那種無謂的事。」教練加深了笑容，勉勵道：「對自己再有信心一點，蘇瑾，我相信河俊是看中妳身上的某個特質，所以才招攬妳入社，而事實也證明他的選擇是對的，妳的確有跑步的天分。」

抿抿唇，我頓時有些不知所措。

一直以來，我的腳程確實得到不少稱讚，但如此由衷的讚許，我還是第一次聽見。

河俊學長，是從我身上看到了什麼嗎？

「怎麼了？」教練走遠後，一道略微低沉的嗓音驀地從背後響起。

我先是一驚，猛然轉過身，發覺是河俊學長。

我搖搖頭，示意不要緊。

「教練訓妳了？」

「沒、沒有啦，教練很好，不關他的事。」我急忙替教練辯解。

「那就好。」他露出放心的表情，「如果有不適應的地方，都可以跟我說。」

「好。」我用力點頭。

明明知道後面那句，不過是河俊學長出自社長的關心才說的話，可我的心依舊泛起幾絲暖意。

宛如一道暖流，伴隨著學長的聲音，悄悄地、無聲地流進我的心坎。

遍布整顆心。

「學長。」聽到我的呼喊，原本正要離開的河俊學長隨即停下腳步。

他轉過身，微微皺起眉，疑惑地看著我。

我捏緊衣角，手心不斷滲出的汗水，流露出我的緊張。

「學長你……為什麼會想找我入社呢？」遲疑片刻，最終我還是決定將藏在心裡的疑問攤在陽光下。

與其埋在心底，倒不如直接確認。

他沒有回答，僅是靜靜地凝視著我，認真的眼眸使我的心微微抽動了下。

整顆心宛如失速般，愈跳愈快……

「眼神。」沉寂良久，風送來學長的聲音。

我愣了愣，對上他的視線，心一縮。

「妳跑步的眼神透露出妳的熱忱跟態度。」他徐徐道出原因：「這就是我選妳的理由。」

我沒有應聲，卻明顯地感覺到自己的身體倏地一僵。

腦袋則是像張白紙般，一片慘白。

我木然地看著他，久久沒有回應。

一陣暖風這時迎面撲來，揚起場邊的砂礫，吹起我的頭髮。

同一瞬間，我彷彿感覺到有什麼情緒，隨著這道風一併吹進我的心底。

攪亂了我的思緒。

Chapter 02

炎炎夏日，我跟孫晨曜並肩走進一間運動用品店。

剛進田徑社的時候，學長有發一件隊衣給我。

雖然這個季節，每天手洗再晾乾也來得及，但總覺得只有一件運動衫不太夠，仔細想想還是決定再買一件輪替。

除此之外，還能再買件運動褲。

自動門開啟的那刻，一股涼意瞬間迎面襲來。

拭去額頭上的汗水，我忽然有些感動，「天堂！」

孫晨曜則是不以為然地瞥了我一眼，「是啊，這種天氣還願意陪妳出門的人，大概也只有我了。」

「明明就是你硬要跟。」

「誰叫妳長著一臉傻裡傻氣，我是擔心妳被店員騙。」他振振有詞地反駁。

「喂，你說誰傻裡傻氣！」

孫晨曜沒有理會我，而是逕自朝田徑服裝專區走去。

在店員的介紹及解說之下，最後我買了件運動衫和兩件短跑褲。

結完帳的同時，我的目光落在店員右後方的跑鞋專區，好似定住般，怎麼樣也無法移開。

察覺到我的視線，店員先是往後看了眼，隨後笑著問：「需要幫妳介紹跑鞋嗎？」

我一驚，想到我那乾癟的錢包，急忙搖頭，「沒關係，不──」

我的話還沒說完，便被一旁的孫晨曜給打斷，「聽聽也無妨吧？」

我頓時有些羞窘，正想張口時，店員的聲音再度傳來。

「是啊，有興趣的話就聽一下。」她和藹地笑著，「即使最後決定不買也沒關係，這本來就是我的工作。」

聽到店員這麼說，我也不好意思再拒絕，只好點點頭。

「不少跑步的人會選擇Mizuno，耐穿、好跑是他們品牌的特點。」店員走向跑鞋區，向我娓娓介紹起，「這雙是他們的最新款，主打抓地力強，或是也可以參考一下他們的經典款……」

店員滔滔不絕地敘述著，我一面聽，一面恍然大悟地頷首。

雖然我心裡屬意了其中一雙，然而看到價格的剎那，我趕緊放棄。

那個價格，實在不是我這個高中生可以負擔的起。

想到每個月那少少的零用錢，我連忙打消念頭，朝店員鞠躬道謝後，便拉著孫晨曜走出店裡。

「不買嗎？」孫晨曜一臉納悶，「我看妳好像很喜歡其中一雙。」

「買不起啦。」我苦笑了笑，「今天光是買服裝就花掉我大半儲蓄，更不用說鞋子了……」

我無奈地嘆了口氣，然後牽起嘴角，故作沒事地拍了拍孫晨曜的肩，「走吧，我們先去吃點點心再回家。」

孫晨曜白了我一眼，「妳會胖死。」

「喂！你什麼意思。」我不滿地嚷嚷，孫晨曜則裝作沒聽見似的繼續往前。

不曉得是不是我的錯覺，雖然只有一瞬，但我總覺得，方才孫晨曜的臉，閃過一張若有所思的表情。

搔搔頭，我告訴自己：大概是看錯了吧。

***

放學鐘聲響起，學生們紛紛收拾桌面，接連步出教室。

將鉛筆盒塞進書包，確認沒有遺漏的東西後，我站起身，跟坐在旁邊的詩潔揮手道別。

「又要去田徑社？」

「嗯。」

見我點頭，詩潔不禁皺起眉，「今天不是禮拜二嗎？」

「我才剛加入不久，自然得抓緊時間跟上大家的腳步。」我輕笑。

暑輔開始後，由於白天還要上課，田徑社的練習時間調整為每週一、三、五，下午四點至六點。

如果其他天想要自主訓練也可以，只是教練不一定在。

「累嗎？」詩潔問。

思忖幾秒，我莞爾，「有一點，但累得很值得。」

「都不知道原來妳有被虐傾向。」詩潔搓著手臂，不敢置信地看向我。

我則回敬她一個白眼，「妳夠了。」

「不鬧、不鬧。」她輕拍了下我的肩，隨後揚起笑容，「加油啦，不要太勉強自己。」

聽到詩潔的關心，我忍不住笑了，「跟個老媽子一樣。」

「妳很過分。」她忿忿抗議道：「我要收回剛剛那句。」

「來不及了。」我笑得更樂了。

跟詩潔道了聲再見後，我朝門的方向走去，途中經過孫晨曜的座位。

原以為他早已溜之大吉，不料孫晨曜竟還坐在位置上，悠悠哉哉地滑著手機。

「還沒走？」我停下腳步，語氣挾著驚訝。

他依然盯著螢幕，頭也沒抬地回：「嗯，在破關。」

「還破關咧……」我無奈地搖搖頭，然後邁開步伐，「先走了，掰。」

當我走到門口，準備踏出去的剎那，孫晨曜的聲音驀地從教室傳來，「妳今天要練到幾點？」

我回眸一探，發現他放下手機，視線直直往我投來。

「不曉得，怎麼了？」

「沒有一個大概？」

「你問這個幹麼？」面對他的追問，我不由疑惑。

他將身體向後一傾，懶洋洋地靠在椅背上，「不能問？」

「也不是不能……」我雖然困惑，但還是回答了他的問題，「應該會練到七點左右吧。」

「知道了。」他露出瞭解了的表情，然後再度低下頭滑起手機。

看到他的反應，我不禁感到莫名其妙。

縱然不解，但我也沒繼續問下去。

臨走前，我悄悄地覷了孫晨曜一眼，只見他緊盯著螢幕，一臉專注。

這傢伙……

有時候還真不太懂孫晨曜在想什麼。

＊＊＊

夕陽斜掛在天邊一角，將雲朵染上了漸層，有橘、有紅，繽紛奪目。

剛練完漸速跑的我，站在樹蔭下，一面喘著氣，一面扭開水瓶。

「今天也來了？」我正要喝水時，便發覺河俊學長背著書包，朝我徐徐走來。

我彎起嘴角，點了點頭，「嗯，反正沒什麼事，想說來練習一下。」

「妳比我想得還認真。」他的眼神映著幾分讚許。

聽到學長的誇讚，我不自覺搔了搔耳根，臉頰逐漸泛熱。

為了不讓他察覺到我的異樣，我趕緊尋了個話題：「學長今天好像比較晚？」

除了規定的時間外，河俊學長平日放學也會留下來自主練習。

基本上我跟學長是固定班底，偶爾也會有其他社員，不過非常少。

「明天有模擬考，稍微看了下書。」他彎下腰，一面繫緊鞋帶，一面回道。

「模擬考？」我瞪大眼睛，詫異地望向他，「學長還來練習，不要緊嗎？」

「還好，反正我要考體大，總級分不要太低就好。」

相較於我的反應，學長倒顯得相當鎮定，彷彿明天要模擬考的人不是他，而是我。

「學長要考體大？」得知這個消息，我更加震驚了。

「嗯。」他神色平淡，慢慢地說著：「我也不喜歡讀書，只想繼續跑步，沒有比體大更適合的選項了。」

「那倒也是。」我認同道。

繫好鞋帶的學長這時站起身，朝跑道走去。

夕陽的餘暉斜映在他身上，一閃一閃，猶如亮粉般，耀眼奪目。

望著學長的側臉，我忍不住揚起唇角。

即便只有短短幾句，但能像今天這樣跟學長閒聊，我便心滿意足。

暮色蒼蒼，操場上依舊有十幾個人正在慢跑。

相較之下，一百公尺跑道顯得有些冷清。

大概是模擬考將至的緣故，今天只有我跟河俊學長留下來自主練習，教練亦恰巧不在。

站在白色的起跑線上，我調整著起跑姿勢，學長則在後方，適時給我建議。

「重心放得太後面了。」

我調了一下位置，「這樣呢？」

「肩膀再低一些。」他走到我旁邊，稍微壓了一下我的肩膀，「髖部的位置要比較高。」

我恍然大悟地點點頭，隨即又調整了下角度。

「嗯，就是這樣。」

得到學長的肯定，我閉上眼，試圖將現在這個姿勢印在腦海中。

「起跑是妳的弱點。」

「起跑？」聞言，我立刻睜開眼眸，並挺起身。

「暑訓時我有觀察過妳跑步。」他緩緩解釋：「我發現妳每次在起跑的時候，重心都不太穩，有時太前面、有時又太後面。」

聽到學長的話，我不禁陷入沉思。

確實。

當我在看其他學長跑步時，總覺得他們都起跑得相當流暢，唯獨我，像是卡住般，無法有效地加速。

看樣子，是該好好練習一下起跑動作。

「不用太急。」沉寂半晌，學長忽然開口，似乎是想安慰我，「我看過妳的成績，跟之前體育課時相比，妳已經進步得很快了。」

我先是微怔，隨後莞爾，「嗯，謝謝學長。」

「十月底的縣賽，妳也可以參加。」

我詫異地看向他，「縣賽？」

「每年十月，每個縣市都會舉辦各項運動的比賽。」他對上我的視線，語氣認真，「對妳而言，是個很好的登場機會。」

「我嗎？」搔了搔耳根，我面有難色，「真的？」

「沒得名也沒關係，重點是參賽經驗。」他徐徐道：「跟自己實力相仿、甚至更強的對手切磋，是進步最好的方式。」

我沒有回答，僅是輕輕地點頭，同時將目光飄向遠方。

縣賽啊……

「時間也不早了，今天就先到這裡吧。」他瞄了眼手錶，短針停在六跟七的中間，不知不覺已經這麼晚了。

「嗯。」我微微頷首，快步跟上他。

收拾好書包，我跟學長以看似並肩而行、實際上卻有著些微差距的形式朝校門走去。

由於我們兩個搭的是不同路線的公車，站牌的方向也不一樣，通常我跟學長會在校門前停下腳步，互相道別。

「明天見。」他的語調一如往常的平淡。

「明天見。」我露出一抹淺笑，「模擬考加油。」

大概是沒料到我會這麼說，學長的眼底隱隱約約閃過一絲愕怔。

縱然相當細微，但我依然清楚地捕捉到這微小的變化。

就在我以為對話已經結束、準備轉身離開時，學長突然開口：「謝謝。」

儘管幅度不大，可我仍發覺他的嘴角略微上揚。

那瞬間，我感覺呼吸一滯，腦袋如紙張般一片空白。

原先正常跳動的心，宛如一匹脫韁野馬，失控地開始加速，愈跳愈快……

「蘇瑾？」或許是察覺到我的不對勁，學長狐疑地盯著我，喚了聲我的名字。

我想張口，話卻像是梗在喉嚨似的，怎麼也發不出聲。

最後，我只能尷尬地笑了笑，示意沒事，然後揮手道別。

一直以來，我都是從很遠很遠的地方默默觀察學長。

或許是習慣了這樣的距離，以至於我從來不敢想像，學長會有對自己微笑的一日。他的反應，是我始料未及的。

徐徐走到站牌前，我在一旁的木椅坐下，並將目光飄向遠方。

等待公車的同時，我愣愣地回想著方才的種種，思緒有些茫然。占據腦海的，盡是河俊學長微笑的模樣。

如果說眼睛是一台相機，那麼剛剛的畫面，現在已作為一張珍惜的相片，印存在我的心底。多麼的珍貴。

夜幕低垂，或許是過了放學的巔峰時刻，附近街道行駛的車輛並不多，徒留晚風在我耳邊呼嘯猖狂。

突然，我感覺到自己的肩膀被人給拍了兩下，我立刻繃緊神經，警覺性地側過頭。孰料，映入眼簾的，竟是孫晨曜略帶疑惑的臉龐。

「發呆啊？」他逕自走到我旁邊，然後坐下，「一個人等車，要多點危機意識。」

看到他的出現，一股疑惑這時自心底泛起。

我盯著孫晨曜，忍不住問：「你怎麼在這？」

「我不能在這？」他輕笑著反問。

「你不是應該回家了嗎？」我愈說愈覺得奇怪，「你可別跟我說你在教室玩手機玩到剛剛。」

「沒有。」他伸出手，指了指後方的店，「中間我有換個地方玩。」

公車站牌旁恰巧有一間喫茶店，放學後有不少學生會來這一面喝飲料，一面閒聊消磨時間，生意還算不錯。

但我怎麼也沒想到，孫晨曜居然會在喫茶店玩手機玩到現在。

看著他一臉理所當然的表情，我不由嘆了口氣。

回家躺在床上悠悠哉哉地玩不是很好嗎？

雖然在喫茶店沒有什麼不好，但終究不及床來的舒服吧？

「妳平常都練習到這麼晚？」孫晨曜問。

「差不多。」我繼續道：「今天算早了，團練的時候會再晚一點。」

「難怪伯母最近老是碎念妳太晚回家。」他露出恍然大悟的神情，隨後皺起眉，「不過也是，這麼晚了，女孩子一個人在外面確實讓人放不下心。」

後面那句，孫晨曜幾乎是壓低了聲音，喃喃自語。

儘管音量很小，但我依舊聽到了完整的話。

對此，我先是愣了愣，接著彎起嘴角，將臉湊上前，笑問：「想不到孫晨曜會關心我啊？」

那剎那，我彷彿意會到了什麼，腦裡的網絡霎時全連通了起來。

我緊盯著他，試探性地又問了句：「難不成……你是一邊玩手機一邊等我練習結束？」

語落的瞬間，孫晨曜原本滑著螢幕的手忽然一頓。

半晌，他收起手機，斜睨了我一眼，「妳長得這麼安全，哪裡需要我關心。」

「喂，你什麼意思！」

「若要說歹徒綁架妳的理由，絕對是劫財遠大於劫色。」他毫不客氣再補上一槍。

我氣得往孫晨曜腳上狠狠踩了一腳，他則哀號了聲。

「不過說真的，妳也別弄得太晚，身為父母，伯母總會擔心。」他一面揉著腳，一面看著我，語氣認真。

「知道了。」

看樣子，是得規劃一下，將有限的時間發揮最大的作用，提升效率。

「對了，剛才跟妳一起出校門的男生，就是妳單戀的人嗎？」安靜片刻，孫晨曜張口，拋出了疑問。

我頓時一怔，身體隨著他的話而僵住。

不安的情緒在心底不斷滋生蔓延，爬上心頭，緊緊包圍。

我深吸了口氣，語氣不自覺夾雜幾分顫抖，怯怯地回：「……你看到了？」

「嗯，二年三班的戴河俊。」相較於我緊張的模樣，他倒一臉輕鬆。

「你認識他？」我震驚地望向孫晨曜。

「不認識。」他聳聳肩，「知道而已。」

聽到孫晨曜的回答，我宛如一具失去控制的人偶，癱坐在椅子上，原先因為驚訝而緊繃的肩膀亦逐漸鬆下。

我的心恍若卸下了一塊巨石，「那就好……」

「怎麼？怕我講妳壞話啊？」面對我接連的轉變，孫晨曜忍不住竊笑。

「怕啊。」我惡狠狠地瞪了他一眼，「誰不知道你最喜歡抖出我的糗事。」

「那代表我很了解妳。」孫晨曜將手抵在椅背上，側身看著我，並加深了笑容。

我沒有理會他，而是直接扭頭。

四周一片寂然，我瞥了眼手錶，在心裡怨嘆公車怎麼還不趕快來。

「蘇瑾，妳對戴河俊是認真的嗎？」

面對孫晨曜的問題，我沒有答聲，僅是睨了他一眼。

「他不是那種妳單戀久了，就會有結果的對象。」

我依舊不言，卻將身子轉向他。

「即便如此，妳還是堅決繼續喜歡他？」見我始終保持沉默，孫晨曜忍不住問。

我緊盯著他，沉寂片刻，這才慢慢啟唇：「我從來就沒有奢望能跟學長並肩而行。」

孫晨曜對上我的視線。

「我很清楚，即便聊天的內容變多了、對我露出微笑了，事實依然攤在那，沒有任何改變。」我一字一字緩緩地說，明明語調是那麼的平靜，但我的鼻頭卻逐漸酸了起來。

明明說出這些話的人是我，我卻覺得有人正拿著匕首在我的心上一刀一刀地劃著。

「所以，我想通了。」我感覺眼眶一陣濕熱，隨即昂起下巴，害怕眼淚就此落下，「只要能像現在這樣默默跟在學長的背後，哪怕只是一條影子，我都甘之如飴。」

「妳這算哪門子的想通。」孫晨曜皺起眉。

「要你管。」我含淚瞪向他。

遠方這時出現兩道白光，我望了望，發現公車正從街口駛向我們。

由於方才的情緒尚未平復，我沒有起身，而是深吸了口氣，調整著心情。

「走了。」大概是看我沒有動作，孫晨曜忽地抓起我的手，使我一愣。

「你、你幹麼？」我感到錯愕，想甩開他的手，卻被抓得更牢，「放手，孫晨曜，我自己會走。」

「不要。」

此刻，不只司機，就連車上的乘客目光都聚焦在我們身上。

「很丟臉耶……」我困窘地別開眼，如果地上有個洞，我真想立刻跳進去。

上車後，原本我想跟孫晨曜分開坐，卻在他的注視下，逼不得已選了個中間靠窗的座位，他則逕自在我旁邊的座位坐了下來。

「蘇瑾。」窗外的景色飛逝而過，耳邊響起孫晨曜的聲音。

「又怎麼了？」我無奈地回。

「其他事我都無所謂，唯獨戴河俊這件事我不可能不管。」

聞言，我疑惑地回過頭，對上的，是孫晨曜堅定的眼眸。

他認真的表情，使我一陣愕然。

「你幹麼那麼堅持啊……」

「因為妳太笨，所以我無法置之不理。」說完，他朝椅背一靠，闔上眼，宣告對話結束。

望著孫晨曜的側臉，我真不曉得該氣還是該笑。

可他的聲音，卻在我的心底逐漸起了變化。

恍若一粒小石子，擲入水中，掀起陣陣漣漪……

***

那天之後，孫晨曜每天都會在學校或是喫茶店，等我田徑社練習結束後再跟我一起回家。

儘管我已經跟他說了好幾次，不用這樣，但他依然沒有理會我的話，等我走到站牌前，他總會理所當然地出現在那。

簡直像個跟蹤狂。

「蘇瑾，今天我有事，就不等妳了。」放學鐘響，孫晨曜走到我面前，咚咚咚地用手指敲著桌子道。

「早就讓你別等了，是你每次都硬要留下來。」我嫌棄地拍開他的手。

「伯母對我照顧有加，我不得不回報一下。」他露出委屈的神情，一副可憐兮兮，「只好勉強當她女兒的保鑣。」

「什麼保鑣，是變態吧？」我鄙夷地瞥了他一眼，「你老實招來，你其實是我媽派來的間諜吧？負責監視我的一舉一動。」

「講這麼難聽。」他翻了個白眼，然後朝我揮揮手，「總之就是這樣，先走了，掰。」

「掰。」

孫晨曜步出教室，待那抹背影消失在視線後，一旁的詩潔立刻湊上前，一臉八卦地看著我。

「我都聽了什麼？嗯？」她笑得極其曖昧，「孫晨曜每天護送妳回家？這麼紳士？」

聽到後面那兩個字，我忍不住打了個冷顫，直搖頭，「別，別說那傢伙紳士，我還真無法想像他紳士的模樣。」

「不用想像啊，妳每天都看得到不是嗎？」詩潔用手肘頂了肩膀一下，笑得更加燦爛了，「這進展是怎麼回事？妳是不是偷偷隱瞞我什麼，真的很不夠意思耶，蘇瑾。」

我舉起雙手，擺出投降的姿勢，「真有什麼會跟妳說，但重點我跟孫晨曜真的清清白白，無可奉告。」

「那，就是我們的晨曜在單相思囉？」她揑緊胸前的衣服，一臉同情，「真讓人心疼啊。」

「那麼心疼，妳去安慰他啊。」快速地收拾好書包，我站起身，用著「沒救了」的眼神看著詩潔。

她則連忙拒絕，「不了、不了，我會先被孫晨曜的愛慕者追殺。」

「有這麼誇張？」我噗哧一笑，認為詩潔的話過於誇大。

「不知道耶。」她若有所思地望著我，停頓片刻，才又接著開口：「是沒聽聞什麼事，看樣子我們這屆挺和平的。」

聽到關鍵字，我狐疑地皺起眉，「我們這屆？」

「是啊，高二那屆可就精彩了呢。」詩潔將我拉向她，壓低了聲音，「據傳，只要跟承勳學長或河俊學長有過多互動的人，都會遭到他們的粉絲私下霸凌呢。」

聞言，我瞪圓杏眼，不敢置信，「真的？」

「真的。」她認真地頷首，模樣不像是在說謊。

「都高中了，居然還有人在搞霸凌……」對此，我不由搖搖頭，嘆了口氣。

這種事若發生在國小、國中也就罷了，沒想到到了高中還在進行。

嫉妒心作祟嗎？

女人還真可怕。

想到這裡，我搓著身子，抖了一下。

夕陽斜映進中庭，將周圍幾棵盆栽和花染上了一抹橘。

走出南棟，我朝北棟的方向走去，同時緊張地瞥了眼手機。

方才被孫晨曜跟詩潔耽擱了一陣子，幸好今天的團練因為教練臨時有事而延後一小時，否則我早就遲到了。

我加快步伐，匆匆前進。

當我越過北棟的樓梯時，一道從未聽過的聲音喊住了我，「站住。」

我先是微愣，隨即停下腳步，困惑地往左邊一望——

幾個女生這時緩緩走下階梯，並朝我走來。

環視四周，發現周遭除了我跟那群女生之外，沒有其他人，此刻我更加確信她們就是在叫我。

「妳就是蘇瑾？」站在最前面的女生居高臨下地看著我，模樣高傲。

「嗯，請問妳是？」雖然心裡有股直覺要我回答不是，感覺唯有如此才能躲過危機，但想了想，最終我還是決定承認。

看她們個個不懷好意的神情，我有預感接下來沒什麼好事。

「我是白羽歆。」

「喔……」我疑惑地搔搔頭，好奇地問：「我們認識嗎？」

面對我的疑問，她先是一笑，但那抹笑帶著幾分嘲弄，「妳不認識我，但我認識妳。」

聞言，我更加不解了。

怎麼？難不成我其實很有名？

「跟紀語霏一個樣呢，表面看似清純無害，實際卻居心不軌。」她瞇起眼，上下打量著我，然後冷笑了一聲，發表評論。

紀語霏？

聽到這個名字，我倏地一怔。

那不是經理的名字嗎？她也認識學姊？

「我跟妳無冤無仇，妳憑什麼這樣說我？」莫名其妙被人這樣辱罵，我的內心隱隱約約浮現一股怒火。

「或許妳覺得我們無怨無仇，但我不這麼認為。」她昂起下巴。

「妳有被害妄想症？」

「妳！」白羽歆臉色陡然一變，面目猙獰地看著我，「非要我動手，妳才曉得自己的立場嗎？」

我直直盯著她因生氣而漲紅的臉，既沒有退縮，也不再挑釁，僅是平靜地回：「我不曉得，也不想曉得，如果沒別的事，我先離開了。」

無視她憤怒的表情，我轉過身，直接走人。

就在我即將踏出教學大樓的剎那，後頭傳來白羽歆挾著震怒的聲音：「蘇瑾，別怪我沒有事先警告妳，離戴河俊遠一點，別以為加入田徑社就可以靠近他一些！」

佇立在教學大樓門前，我靜靜地聽著。

待白羽歆把話說完後，我再次邁開步伐，頭也不回地離開。

「據傳，只要跟承動學長或河俊學長有過多互動的人，都會遭到他們的粉絲私下霸凌呢。」

腦袋這時浮現詩潔的聲音，我不禁沉下臉，加快腳步。

沒想到真有這種人。

還沒走到操場，我遠遠便注意到學妹的身影。

想起白羽歆方才的話，我不由自主地抿抿唇。

「跟紀語霏一個樣呢，表面看似清純無害，實際卻居心不軌。」

白羽歆和語霏學姊之間，也發生過什麼嗎？

雖然我讓自己別去在意，可那句話彷彿被下了蠱般，盤據我的腦海，揮之不去。

團練期間，我以盡可能不被察覺的方式，悄悄觀察著語霏學姊。

雖然我自以為掩藏得很好，可這個行為終究還是被學姊給注意到了。

「怎麼了，蘇瑾？」練習結束後，語霏學姊走到我面前，對於我剛剛古怪的行徑提出疑問，「有什麼事想問我嗎？」

我倏地一驚，像是偷吃糖被逮到的孩子般，心虛地低下頭，不發一語。

「還是這裡不方便說？」見我沉默，她放柔了語調，輕聲地問。

語霏學姊的聲音彷彿一把槌子，擊碎了我的猶豫。

原本在心中不斷擺晃的天秤，開始傾向一方——

「學姊……」對上她的視線，我試探性地問：「認識白羽歆嗎？」

語落的瞬間，我感覺到她的身體頓時一僵。

她瞪圓杏眼，不敢置信地看著我，似乎對我的話感到極為震驚。

「妳……從哪裡知道這個名字的？」學姊的聲音夾雜著幾分顫抖，這使我更為困惑。

「她本人。」

「妳跟白羽歆見過面？」她倒抽了口氣，然後慌張地打量我全身上下，「怎麼樣？還好嗎？她有沒有為難妳？」

看著學姊驚慌失措的模樣，我連忙抓起她的手，露出一抹淺笑，「我沒事。」

「沒事就好……」她吁了口氣，原先緊繃的顏面漸漸放鬆下來。

待學姊情緒稍稍平復後，我再次重複剛才的問題，「所以……學姊認識白羽歆嗎？」

「嗯，認識。」她目光飄向遠方，臉色隨著這個話題逐漸凝重起來，「她以前是我的同班同學。」

「以前？」

點點頭，學姊娓娓道來：「曾經，我是白羽歆底下的一顆棋子，為她所用，替她寫作業、跑腿、做她不願意做的事，後來白羽歆甚至做了一塊蛋糕，要我轉交給戴河俊，幫她告白。」

聞言，我大吃一驚，「告白？」

學姊望向我，苦笑了笑，「對，白羽歆很喜歡戴河俊，從國中開始就喜歡了，她的愛很深、很強烈，佔有慾極強，她不允許任何一個女生跟戴河俊有過多的接觸，只要有這種人出現，她就會徹底打擊那個人、霸凌她。」

我一陣愕然。

「現在，妳明白為什麼白羽歆要找妳了嗎？」學姊嘆了口氣，「因為妳加入了田徑社，除了我之外，妳是離戴河俊最近的女生。」

我一愣，完全想不透，「可、可是我跟學長根本就連朋友都稱不上啊，怎麼會……」

「白羽歆不會在意這個。」打斷我還沒說完的話，學姊回：「只要是戴河俊周圍的女生，無論交情是深是淺，她都會想盡辦法讓她們從戴河俊身邊離開。」

「太誇張了……」我直搖頭，無法認同白羽歆的種種行徑，「那學姊呢？學姊是不是也被刁難過？」

「我嗎？」她看著我，忽然笑了，那抹笑挾著滿滿的無奈和痛苦，「桌子被人用粉筆在上面塗鴉、莫名其妙消失的課本和文具，以及摻了漂白水的水瓶，這些都是司空見慣的事，原以為置之不理，隨著時間的過去這些霸凌行徑能減少……」

學姊的笑容驀地多了幾分苦澀，「事實證明，是我太過天真，也太過不了解白羽歆，我怎麼會有她們會就此乖乖收手的想法？我無聲地承受，反而助長了她們的氣焰，白羽歆跟那群女生動作頻頻，非但沒有收斂，反倒日益增加——直到溺水事件發生後，所有的霸凌行為這才徹底畫下休止符。」

「……溺水事件？」我怔怔地問。

「嗯，那是一個引爆點，也多虧她們下手夠狠，才讓這一切得以曝光。」她垂下眼眸，神色黯淡，「前些日子，白羽歆說要找我單獨約談，順便做個了結，地點是體育館的游泳池。當時我明知這很有可能是白羽歆設下的陷阱，身邊的朋友也勸我別去，但我真的受夠白羽歆對我做的一切，不只她受不了，我也已經忍耐到一個極限！」

向來都是笑臉迎人的學姊，此時眼底燃起了幾絲憤怒。

從她逐漸激動的語氣，以及泛紅的臉頰，看得出來她是真的瀕臨一個臨界點。

一個人能吞忍的量是有限的，宛如一顆氣球，起初它或許還能承受，隨著灌入的氣體愈來愈多，氣球不斷膨脹——

最終，炸裂而開。

「所以，我不顧朋友的反對，堅持去游泳池找白羽歆談判。一開始確實只有她一個人，白羽歆的要求很簡單，就是要我離開戴河俊，不准再陪他練習，我當然不答應，憑什麼我要照她的話做？突然被人忽視的心情，我也不是沒有體驗過……」

當話說到最後兩句時，我注意到學姊的聲音帶有些許哽咽。

我雖然感到疑惑，卻沒有多問，只是心疼地看著她。

「這場談判，也因為我的拒絕直接宣告破局。」她吸了吸鼻子，繼續說：「就在我認為沒什麼好談、轉身離開時，後面忽然一陣騷動，當我回過頭、發現原來白羽歆偷偷帶了一群女生時，脛骨便遭人狠狠一擊，失去平衡的我，接著被她們推入泳池中，我的雙腳根本使不上力，只能拚命地划動著手，眼睜睜地看著自己離岸邊愈來愈遠、愈來愈遠……」

語落，語霏學姊將臉埋進手心裡，再也抑制不住地哭了起來。

我同情地輕撫著她的背，試圖緩和她的情緒。

遭遇到這一切的語霏學姊，讓人聽了不免心生憐憫。

或許，我不該跟學姊提起白羽歆的事。

讓她再次回憶起這些，實在是一種折磨。

「……後來呢？學姊是怎麼從水底起來的？」良久，待學姊的情緒稍微平復些，我好奇地問：「難道是……河俊學長？」

大概是沒料到我會這麼說，學姊的表情明顯一愣，接著破涕為笑，回著：「如果真的是戴河俊來救我，我想我也沒辦法那麼輕易走人吧？白羽歆應該會直接理智斷裂，不顧戴河俊在場，置我於死地才是。」

「所以不是學長？」我感到詫異。

「不是。」她搖搖頭，美麗的眼眸頓時刷上一層痛苦，「是另個男生救我出來的……」

我沒有說話，僅是靜靜地看著學姊。

「後來，事情曝光後，白羽歆被迫轉班，連帶附上一支大過，這也是為什麼我會說白羽歆是我以前的同班同學。」學姊緩緩解釋，然後對上我的視線，凝視著我，「但我怎麼也沒想到，白羽歆居然還會去找妳，原以為這件事之後她不會再有任何動作才對，看樣子是我想得太簡單了……」

我仔細思量著學姊的話，半晌，不確定地問：「妳的意思是……白羽歆這次的目標變成我？」

「我不曉得，說實話，我沒什麼頭緒……」她垂下眼，「依我推測，白羽歆的行徑應該不會再像以往那般囂張跋扈，但這並不代表我們能就此鬆懈。」

學姊這時伸出手，緊緊地抓住我的肩膀，神情認真，「蘇瑾，妳一定要小心，誰都無法預料白羽歆會做出什麼事，妳千萬不能跟她正面起衝突！不要像之前的我一樣，傻傻的跟她硬碰硬。」

語霏學姊字字加重音調，帶著切身之痛不斷地警告著我。

我知道她是出自好意，真心希望我不要受傷。

可聽完學姊的敘述，我實在是愈想愈憤怒，無法理解為什麼像白羽歆這種人到現在還能神色自若地走在學校，彷彿先前的事不曾發生似的。

覆上語霏學姊的手，我勾起嘴角，「我答應妳，我會盡可能不去招惹白羽歆。」

不主動、不挑釁，這是我最大的讓步。

「不行！」學姊慌張地反握住我的手，激動地說：「我希望我是最後一個，我不想再看到其他的受害者了……如果白羽歆要約妳，妳就迴避，如果她真的親自找上妳，記得馬上聯絡朋友，或是我也可以。」

我沒有答應，而是為難地看著學姊。

「蘇瑾。」驀地，一道低沉的嗓音自我跟學姊的後方響起。

我的心瞬間一震，還來不及回首，河俊學長便走到我們面前。

「戴河俊？」學長的出現，似乎是學姊始料未及的，她震驚地望著學長，忍不住問：「你一直都在偷聽我們的對話？」

他面露歉意，「抱歉，我不是故意的。」

「什麼時候？」學姊又問：「你什麼時候開始在的？」

「從白羽歆如何霸凌妳那裡開始。」學長的目光停在學姊的身上，毫無波瀾的眼眸，此刻多了幾分心疼，「對不起，讓妳遭受這些。」

「怎麼能怪你？」她莞爾，「做出這些事的人是白羽歆，你為什麼要道歉？」

「事出在我。」

「但最後動手的人是她啊，難不成你讓白羽歆別做，她就真的會乖乖聽話不做嗎？」學姊搖搖頭，似笑非笑，「不會。所以你就別太自責了，與其在這裡向我道歉先前的事，倒不如阻止悲劇再度發生。」

她看向我，臉上盡是滿滿的擔憂，「眼下最重要的，就是蘇瑾，我們不能讓蘇瑾遭遇同樣的事。」

我抿抿唇，沒有出聲。

「蘇瑾。」見我默不吭聲，學長這時將視線移到我身上，提議：「我們來比賽。」

「比賽？」聞言，我瞪圓了眼，不敢置信地看向他，「比什麼賽？」

「我們是田徑社，自然是比跑步。」

「等、等等，我一定輸啊。」我感到一陣慌亂，呼吸亦跟著紊亂起來，「再說，好端端的，為什麼突然要比賽？」

總不會是學長找不到對手，跑來找我當作練習對象吧？

怎麼樣也不會選我才是。

「我的秒數加上一點五秒，只要妳能跑贏這個數字，我就不插手。」他目光如炬，定格在我的臉上，神情嚴肅，「相反的，假如妳輸了，妳就得聽語霏的話，離白羽歆遠一點。」

我怔怔地對上學長的眼眸，一陣驚愕，「……為什麼？」

「國中的時候，白羽歆種種行徑我不是沒有耳聞，只是我根本不認識那些女生，所以才沒有追究。」學長的視線仍然停在我臉上，寸步不移，「但是妳們不一樣。」

我先是一愣，隨後屏住呼吸，緊張地看著他。

「邀請妳加入田徑社的人是我，我有責任。」他說得極其認真。

每一個字、每一個音，恍若一道道落雷，擊在我的心尖上。

我感覺自己胸口一緊，縈繞在胸前的悶脹感，使我不自覺抓起衣角。

學長……是在擔心我。

我既不想違背學長的心意，卻也不甘屈服於白羽歆這種人，於是我握緊拳頭，張口——

「好。」我露出堅定的眼神，一口氣答應，「我們來比賽。」

既然誰也不曉得哪個決定才是對的，那就乾脆交給命運。

而我，只管用盡全力奔跑就對了。

一個是田徑社的主將，一個是剛加入的新社員。

或許是這種組合太過稀奇，引來不少關注。

在眾人的注視之下，我跟河俊學長來到起跑點，周圍略為高昂的氣氛使我不由自主緊張起來。

學長站在我旁邊，泰然自若地開始暖身，並原地奔跑。

「蘇瑾。」當我蹲下身，繫緊鞋帶的同時，耳邊傳來學長的聲音。

我狐疑地抬起頭，等待他接下來的話。

「妳有想成為或超越的目標嗎？」

聞言，原本正在綁鞋帶的手頓時一僵，我愣愣地看著他。

「妳之所以接受我的邀請，加入田徑社，原因應該不只是單純喜歡跑步吧？」見我沉默，學長又問。

驚愕的情緒這時自心底油然而生，從最初微弱的火苗，逐漸擴大。

面對學長突如其來拋出的疑問，我有些措手不及。

「為什麼學長會這麼想？」沉寂片刻，我忍不住問。

「我說過，妳的眼神。」他一面拉手，一面回答：「彷彿遠方有個目標，讓妳能夠筆直而堅定地向前奔跑。」

聽到學長的形容，我既是詫異，也感到欣慰。

那是一種被人理解的喜悅。

只不過，學長大概沒料到，那個目標竟是他自己吧？

「嗯，我有。」我大方地坦承，毫無掩飾，「不敢說超越，但我想成為那個人。」

「是嗎？」他的嘴角噙著一絲淺笑，然後蹲下身，做出起跑姿勢，「那就把我想成那個人，付諸全力。」

「我會的。」我莞爾，隨後跟著做出起跑姿勢，等待裁判的槍響。

四周一片寂然，原本在旁鼓譟的其他社員這時皆安靜下來。

耳邊能聽見的，僅有微風吹起落葉的沙沙聲，和自己的呼吸。

踩踏在磚紅色跑道的雙腳，隨著時間一點一滴的流逝，開始雀躍起來。

能跟河俊學長賽跑，是多麼令人振奮的事情。

——我從來沒有這麼期待奔跑的一刻。

砰！

槍響的瞬間，我照著河俊學長教導的姿勢，向前衝刺。

以往起跑時，身體總有一種不協調的不適感，然而這次我卻深深地感受到前所未有的流暢。

場邊的景色快速掠過，風肆意地橫掃在我的臉上，狂妄又猖狂。

儘管強勁的風帶來了阻力，可我依舊深切地感覺到，自己猶如一發箭矢，終點線則是靶心。

——而我，正飛快地朝著跑道另一端疾速奔馳。

當我跑過中間時，學長已距離終點不遠。

不愧是田徑社的王牌，打從起跑的瞬間，我們便逐漸拉開距離。

我跟學長之間的差距，很早以前我就領會過了，在那個風和日麗的午後，初次遇見學長的午後。

縱然如此，我仍不覺得氣餒，反而感到興奮，長久以來，學長就是我的憧憬，我一直都在追逐他的身影。

如今，那抹身影就在我的正前方，不是太近、卻也不是太遠。

再快一點、再快一點點，彷彿只要我加快速度，就能伸手觸碰。

——這是我第一次感覺到，原來自己離學長是那麼的近，不如以往那般，遙不可及。

看著學長的背影，潛藏在心底的躁動此時一擁而上。

咬緊牙，我試圖加速，一股瀕臨極限的緊繃自雙腿傳遍全身，幾近炸裂的窒息感幾乎就要從胸口迸發出來。

不准放棄！

就算跑完有一個禮拜都動不了，也不准放棄！

我在心裡不斷吶喊。

唯有這個時候，我才有一種追逐學長的真實感，我才能真正地接近他。

所以，我絕不會就此退縮。

而這也是為什麼我明知兩人實力落差，卻依然答應的理由。

嗶——

越過終點線的剎那，站在側邊的計時人員立刻按下碼錶。

我感覺自己宛如一條達到臨界點的橡皮筋，在衝過白線的那一瞬，應聲而斷。

原先緊繃的雙腿，頓時癱軟下來，整個人就這麼跌坐在地板上，渾身無力。

「——戴河俊，十秒點七八。」負責計時的是一位學長，他盯著碼錶，率先報出河俊學長的成績。

本來在起點觀賽的其他社員，這時紛紛跑來終點，順著我跟河俊學長圍成一圈，全神貫注地望向那位計時學長。

——十秒點七八。

換句話說，只要我的秒數小於十二點二八，這場勝負就是我贏了。

「至於蘇瑾——」他先是瞥了碼錶一眼，接著環顧眾人。

遠處球場的加油聲驀地大了起來，周遭一陣悄然，心跳聲突然變得好吵。

捏緊手心，我神色不安地看向計時的學長。

當對方微微起唇的剎那，我屏住呼吸，焦急地等待他接下來的話——

「——十二點三一。」結果脫口的那刻，全場霍然發出惋惜。

我先是被大家的反應給嚇了一跳，還來不及整理思緒，其中一位學長便說話了。

「真是太可惜了，蘇瑾。」他面露遺憾。

「就是，就差那麼一點。」另一位學長跟著附和。

我茫然地望著他們，原以為勝負揭曉的瞬間會是難過，不料如今佔據腦袋的竟是滿滿的驚愕。

「蘇瑾。」河俊學長徐徐走來，朝我伸出手，「妳表現得很好。」

他的嘴角噙著一抹溫煦的笑容，再次強調，「真的。」

我沒有出聲，僅是愣愣地對上學長的目光，隨後笑了。

儘管輸了比賽，但今天卻是我頭一次跑得如此盡興。

我彷彿能夠感覺到，自己對跑步的那份熱情，此時此刻在血液中激烈翻騰。

＊＊＊

隨著暑假即將邁入尾聲，田徑社的集訓也暫時告一個段落。

這是田徑社向來的傳統，開學前一週會暫停練習，讓所有社員充分的休息，同時也是為了接下來的比賽。

眼看再兩個月就是縣賽，不僅生理健康要注意，心理狀況更要好好調整。

倘若心思一團亂，即便身體再無恙，終究還是無法有效發揮實力。

「我有個提議。」

最後一天集訓，所有社員正在收操時，子揚學長忽然開口。

子揚學長是田徑社的副社長，為人親切，活潑爽朗，是社團中的開心果。如果說河俊學長是田徑社的精神指標，引領眾人前進，那麼子揚學長的存在便是幕後推手，推著其他人的背不斷往前，

「什麼提議？」另一位學長問。

「收操結束後，大家一起去吃頓飯慶祝如何？」

「這主意好像不錯。」聞言，方才回應的那位學長豎起拇指，「我想吃燒烤！」

「燒烤一票。」

「燒烤兩票。」

贊同的聲音此起彼落，我環顧周遭一圈，忍不住笑了起來。

「蘇瑾，妳想吃什麼？」子揚學長的視線朝我投來。

「我都好。」我聳聳肩，「燒烤也行。」

「那就定案燒烤囉？」見我答應，他高興地歡呼，隨後從口袋拿出手機，「我先來訂位，免得沒位置，得坐在門口等。」

子揚學長輸入電話的同時，我的目光移到一旁正在拉筋的河俊學長身上。

「學長呢？」我望著河俊學長，好奇地問：「河俊學長不去嗎？」

「他當然得去啦。」大概是電話尚未接通，子揚學長直接替他回答，「哪有社員吃飯社長缺席的道理，對吧？」

河俊學長沒有出聲，而是陰冷地瞥了子揚學長一眼。

子揚學長立刻側過身，對著話筒說起話來：「喂、喂喂？」

對此，我不禁噗哧一聲笑了出來。

「難道河俊學長有其他的事？」換了個收操動作，我問：「還是單純不想去？」

「沒有，也不是不想去。」他搖頭，解釋道：「只是子揚那傢伙總是擅自幫我做決定。」

「他也是跟你鬧著玩、開個玩笑。」

「我知道，我沒有怪他。」河俊學長嘴角微彎，望向子揚學長，「正是因為有他在，田徑社才能運轉的這麼順利。」

他的眼底浮起幾絲無奈，「就像吃飯這種事，子揚能輕易地開口，邀請大家，我卻做不到。」

聽到河俊學長的心聲，我的心彷彿被人輕輕一捏，有點刺、有點痛。

我心疼地看著他，安慰道：「別這麼氣餒，人各有所長，子揚學長有子揚學長的長處，學長你也有屬於自己的優點啊，不過是各司其職罷了。」

「我的優點？」他面露疑惑。

「是啊。」我點點頭，試圖增加河俊學長的信心，「或許學長在精神喊話這方面不是很在行，但你擁有其他人沒有的強大實力，這就是你的魅力所在。」

說及此，我不由笑了，「否則，你怎麼會認為大家願意乖乖跟著一個冷冰冰的社長，跟他說話還不一定會搭理。」

「蘇瑾，妳是不是趁機在酸我？」他瞇起眼。

「沒有沒有，我哪敢。」我偷偷往反方向移了點距離，作賊心虛。

「不是的話，怎麼挪動了位置？」

「這、這個角度吹不到風。」我趕緊尋了個藉口搪塞。

河俊學長沒有說話，但我卻隱隱約約聽見他輕笑了聲。

「謝謝妳，蘇瑾。」風送來他的聲音，恍若一道暖風，吹進我的心底。

我微愣，震驚地望著他。

學長靜靜地凝視著我，沐浴在夕陽之下的他，顯得格外耀眼，閃閃發亮。

時間的流速彷彿慢了下來，像條緩慢流動的溪流。

我感覺自己呼吸倏地一滯，心臟愈縮愈緊。

一股幾乎快要窒息的悶，充盈整個胸口。

逐漸失速的心跳，使我陷入一陣迷茫……

「蘇瑾？」

不曉得過了多久，一道呼喚聲將我拉回現實。

回過神，河俊學長和子揚學長困惑的表情映入眼簾。

「還好嗎？」河俊學長關心地問。

「是不是你練習排得太密集，學妹身體負荷不了啊？」子揚學長用手肘撞了河俊學長的手臂一下，賊溜溜地笑。

「不、不是，我只是……有點恍神。」我立即澄清。

「你看，精神都不濟了。」子揚學長露出一抹燦爛的笑容，「走，吃肉補充活力！我已經訂好位了。」

聽到子揚學長的話，我忍不住失笑，接著站起身，發覺其他人陸陸續續在整理書包。

想想還真是丟臉，居然看河俊學長看得出神，我還真是糟糕。

休息了一會兒，大家一塊朝校門口走去。

沿途有說有笑，和樂融融的氣氛橫亙在眾人之間。

望著眼前的情景，我不自覺勾起唇角。

「怎麼了？」走在旁邊的河俊學長注意到我的笑，好奇地問。

雖說旁邊，但實際上我們之間還是有一步之差的距離。

縱然相處了好些日子，我卻依舊改變不掉這個習慣。

「沒什麼。」我輕哂，徐徐回答：「只是很慶幸，自己加入田徑社。」

大概是沒料到我會這麼說，河俊學長眉頭這時微微一挑。

我抬眸，對上他的視線，由衷地笑，「謝謝學長邀請我進入這個大家庭。」

他沒有出聲，僅是端詳了我幾秒，隨後輕哂。

「妳應該謝的，是當時做出決定的自己。」

良久，天邊幾顆星子落入眼底的那刻，我聽見河俊學長這麼回道。

收回視線，我頷首，「是啊。」

「既然沒有其他顧慮，那就放手去試吧。」

腦袋驀地響起孫晨曜的聲音。

我怔了怔，徐徐走了幾步，然後莞爾。

或許我更該感謝的，是當初在背後推了我一把的孫晨曜。

因為他，才有此時此刻的我。

Chapter 03

人聲鼎沸的燒烤店，充斥著眾人的笑聲。

只見一盤又一盤被送上桌的肉，很快的便從烤盤上消失。

服務生遞補的速度，遠遠不及大家消耗的速度。

夾了兩塊豬肉放進碗盤，我看向隔壁的河俊學長，發現他的筷子幾乎沒什麼動。

對此，我不由疑惑，「學長不餓嗎？」

原本正在低頭滑手機的學長，聽到我的聲音後抬起頭，「還好。」

「再不趕快吃，肉就要被子揚學長他們夾完了。」我往左方覷了眼。

此時的子揚學長正和其他學長展開搶奪賽，戰況十分激烈。

肉才剛被放上烤盤沒幾秒，一群人便手持鐵筷，虎視眈眈地盯著那些肉片，宛如獵豹，個個緊盯目標，隨時出手。

尤其是站在子揚學長兩側的區域，簡直堪稱一級戰區。

河俊學長順著我視線望去，嘴角微揚，「還是老樣子。」

「他們之前也是這樣？」

學長頷首，「嗯，幸好蘇瑾妳是女生，他們還會讓幾塊肉給妳。」

「意思是男生就不會囉？」我笑了起來。

「妳覺得有嗎？」

環顧四周，確實，和我同屆的幾個男生不是加入爭奪賽，就是坐在原位，完全沒有起身的意願。

看來的確是男女有別。

我笑著將碗裡其中一塊肉分給同屆的一個男生，他先是面露驚訝，隨後說了聲謝謝。

「蘇瑾，肉不能隨便亂給，知道嗎？」注意到我的舉動，子揚學長拿著鐵夾，氣勢洶洶道。

「咦？可是……」我愣了愣，正想回，卻被子揚學長給打斷。

「是男生就要主動加入戰局，這就是考驗。」他挺起胸膛，說得頭頭是道。

另一個學長見子揚學長分心，順勢夾了兩塊剛熟的肉片，「有破綻！」

「小偷！給我還來。」子揚學長立刻伸手想去搶，卻被對方一口塞入。

見狀，我不由失笑。

「我的另一塊分你吧？」我晃了晃盤裡剩餘的肉片，朝河俊學長道。

「等等子揚又要碎念。」

我加深笑容，「你是社長，應該的。」

然而河俊學長卻搖頭，「不用了，妳吃吧，我晚點再吃。」

「為什麼？」

我感到不解，正想繼續問時，河俊學長又低下頭，盯著手機，兩手不斷敲打螢幕，像是在回訊息。

「我出去一下。」將手機放入口袋，他抓起錢包，起身就要走人。

「咦？學長你要去哪？」

我詫異地望著他，可話似乎沒有傳進他的耳裡，河俊學長便頭也不回地離開。

「去接語霏吧？」子揚學長的聲音這時在耳邊響起，代替河俊學長解了我的疑問。

語霏？

我一愣，隨即皺起眉，「語霏學姊？」

「嗯，剛剛在公車上的時候，河俊要我跟店家說再多準備一個位置，說是語霏要來。」他回答的同時，目光依舊緊盯烤盤，「他之所以沒吃，我猜也是在等語霏……喂，我的肉！」

聽完子揚學長的話，我一陣沉默。

翻動碗裡的肉，油亮亮的油光隨著燈光的反射映入眼底，不曉得為什麼，我忽然沒了食慾。

腦袋驀地浮現先前在操場，河俊學長對語霏學姊微笑的畫面。

我感覺自己的心臟被人狠狠地掐緊，一陣酸楚自胸口傳來，蔓延全身，很疼、很疼。

疼得讓人忍不住泛淚。

為了不讓其他人發覺我的異樣，我默默站起身走向廁所，試著調整心情。

當我再次回到座位時，語霏學姊的身影便映入眼簾，她坐在河俊學長的另一邊，兩人談笑生風。

「蘇瑾，妳跑去哪了？」見我回來，語霏學姊問。

「我、我去了廁所……」看著學姊，我莫名地感到心虛，只好趕緊移開目光。

對於在背後偷偷嫉妒學姊的自己，我不禁有些羞愧。

明明語霏學姊什麼也沒做，明明兩人的互動沒有任何越線，我卻覺得難過。潛藏在心裡的一絲絲不快，使我更加慚愧。

原來我是個這麼善妒的人嗎？

「怎麼了？蘇瑾？」語霏學姊面露擔憂，關切地問。

她愈是關心我，我愈是自責。

她的好、她的溫柔，更讓我顯得不堪。

「沒事，可能肉吃太多，胃有點不舒服。」我勉強自己擠出一絲笑容，胡亂找了個理由。

「妳明明也才沒吃幾塊啊？」這次換河俊學長出聲了。

他目光狐疑，卻也挾著幾絲擔心。

我逞強地笑了笑，拚命搖頭示意不要緊。

「可能是吃太急了？。」子揚學長這時夾了幾塊肉放到語霏學姊的碗裡，並朝我眨眨眼，「對吧，蘇瑾？」

我愣了愣，然後趕緊點頭。

「這是經理專屬的肉，儘管吃、儘管吃。」子揚學長替我轉移兩人的注意力，隨後開啟話題，我則感激地望向子揚學長。

雖然化解了尷尬，但我的心卻依然輕鬆不起來。

恍若有塊巨石，壓在我的心尖上，沉甸甸的，讓人快要喘不過氣。

之後接連的幾個話題，我都沒有太深入參與，僅是微笑帶過，偶爾回應兩句。

腦海幾乎被河俊學長和語霏學姊的事給佔據，猶如濃濃大霧，籠罩整顆心，揮之不去。

縱然我讓自己別太在意，然而飯局間，我的視線仍不自覺地朝兩人移去，然後再迅速收回。

像個賊犯似的。

一股深深的罪惡感自心底油然而生，很沉、很沉，壓得我幾乎快要窒息。

後來聚餐是如何結束我也忘了，模糊的印象裡，隱隱約約記得的，是大夥們舉杯互相勉勵，並喊了聲「縣賽加油」。

坦白說，現在的我，根本無心於縣賽。

整個人軟綿綿的，像朵棉花，渾身無力，也提不起勁。

彷彿迷了路的孩子般，佇立在街道的交叉口，突然沒了方向。

唯一能做的，就是停在原地，獨自啜泣。

「蘇瑾，妳怎麼回家？」

結完帳後，一群人站在燒烤店門口，有的聊天、有的結伴搭車，而子揚學長則是好奇問了我。

「我搭一路公車。」

「一路啊……離這邊有段距離耶。」子揚學長皺眉，目光轉向河俊學長，「不然讓河俊送妳去坐車好了。」

聽到子揚學長的提議，我頓時心驚，連忙拒絕，「不用了，又不是小孩子，我自己走過去就好。」

「不是小孩子，但也是女孩子啊。」

「可是……」我欲言又止地看著他，再覷了眼河俊學長。

河俊學長似乎沒聽見我們的對話，依舊跟語霏學姊聊天，微微上揚的唇角，以及挾著幾許溫柔的眼眸使我的心倏地一緊。

半晌，我跟子揚學長尚未討論出結果，河俊學長便偕著語霏學姊走來，道：「我先送語霏去搭車。」

聞言，子揚學長一愣，正想開口，卻被我給拉住。

「嗯，路上小心。」我擠出笑容。

「蘇……」子揚學長望向我，我則輕輕搖頭，示意別說了。

他猶豫了幾秒，最後跟著我露出一抹淺笑，「路上小心。」

「你們也是。」語霏學姊笑著朝我們揮揮手，接著轉身跟河俊學長離開。

我怔怔地望著兩人愈走愈遠的背影，心裡一陣刺痛。

操場那次是個開端，隨著相處的時間愈長，那股潛藏在心中、模糊曖昧的猜測逐漸明朗起來——

——河俊學長，對語霏學姊懷有不同他人的情感。

我不知道那份情感究竟到了何種地步，是單純的好感，還是喜歡，我不清楚。

但能夠確定的，是語霏學姊在河俊學長眼裡是個特別的存在。

是超越友情的特別存在。

意識到這項事實的我，不由笑了。

「蘇瑾？」子揚學長見我不對勁，擔憂地喚著我，「要不我找別人陪妳搭車吧？只可惜我等等還有急事，否則我就直接送妳了。」

「沒關係。」我搖搖頭，逞強地笑著，「我自己走就行了。」

「蘇——」

不等子揚學長把話說完，我逕自邁開腳步，朝公車站牌走去。

絢爛的霓虹燈熱鬧了城市，熙熙攘攘的街道，盡是車子的喧囂，和店家的吆喝聲。

我感覺鼻頭一酸，原本正在前行的步伐，此時愈走愈快。

從眼眶傳來的溼熱，使我昂起下巴，試圖不讓淚水落下。

可笑的是，就連眼淚也不願聽我的命令，擅自從淚眶躍下，滑過臉頰。

我明明很清楚，河俊學長不是我能並肩而行的人。

我明明很清楚，這段單戀終究不會開花結果。

我明明都曉得，但眼淚為什麼還是不自覺地落下？

我自以為看清的事實，其實從來沒有真正面對過。

所以才如此心痛，痛得止不住泣。

渾渾噩噩地走到公車站牌前，我的思緒一團混亂，幾乎是行屍走肉。

忽然，肩膀被人給用力撞了下，我只感覺到痛，卻沒有太大的反應，僅是微微頷首說了句：「抱歉。」

那人停下腳步，不再往前。

下一秒，我的手腕便被捉住，我愣了愣，隨後抬眸，映入眼簾的是孫晨曜的臉龐。

我震驚地對上他的視線，身體瞬間僵住。

「……孫、孫晨曜？」

「妳怎麼回事？」他緊盯著我，神情嚴肅。

「……你、你怎麼在這？」我結結巴巴地問。

「我問妳，妳怎麼回事？」他沒有回應我的問題，而是重複剛才的話。

「我……」別開頭，我選擇沉默。

「蘇瑾，妳現在是不打算理我嗎？」

我依然默不吭聲。

「蘇瑾！」

「你先放開我。」我甩動著手，想要掙脫，卻被他抓得更牢。

「妳現在這樣，我怎麼可能放手！」他幾乎是用半吼的音量對著我說。

我木然地望著他，原本隱忍在心底的情緒，隨著他這一吼，全數爆發。

恍若被用力搖晃再旋開瓶蓋的汽水，如水柱般肆意飛濺。

而我，再也忍不住地放聲大哭。

大概沒料到我會有這樣的反應，孫晨曜被我突如其來的大哭給嚇了一跳，顯得有些手足無措。

鬆開原先緊抓著我的手，孫晨曜將兩手放在我肩膀兩側，懸在空中。遲疑片刻，最後我聽見他嘆了口氣，然後把我的頭輕輕地往他的懷裡壓去，另一手則溫柔地拍著我的背，似乎是想安撫我。

「看妳這麼慘，我的胸膛就勉為其難地借妳十分鐘。」

悲傷的情緒猶如大片烏雲，籠罩整顆心。

回想起河俊學長偕著語霏學姊離開的背影，彷彿有幾道雷鳴，在我的世界轟隆巨響。

當我再次領悟到事實的那刻，第一滴雨悄聲落下。

緊接而來的，是伴隨雷聲的滂沱大雨。

怎麼也停不了……

究竟我在孫晨曜懷裡哭了多久，我不曉得，也沒去算。

不過我想，應該是遠遠超過十分鐘。

但他沒有趕我，而是任由我繼續哭泣。

直到哭聲漸弱，孫晨曜這才將我慢慢拉離，憂心忡忡地看著我，「妳還好嗎？」

他不再逼問我發生什麼事，取而代之的，是關切。

我微微頷首，語帶沙啞地回了句：「……沒事。」

「妳不要逞強，真的有事就直接承認，我又不會罵妳。」

「也不知道剛剛是誰在兇……」我忍不住抱怨。

「我、我哪有兇！」他隨即反駁，卻反駁得有些無力。

我不由失笑，「……謝謝你，孫晨曜。」

「有什麼好謝的。」面對我的道謝，他似乎感到不好意思，難為情地別開頭。

我依舊笑著，「對了，你怎麼在這裡？」

記得出發去聚餐前，我在操場事先傳了訊息給孫晨曜，讓他別等我。

況且，我也沒告訴他我在哪間燒烤店聚餐，他怎麼會知道我的位置。

「市區的燒烤店就那幾家，加上你學長有打卡，我自然就能推出妳會在這等車。」

「……你真的有當跟蹤狂的潛力。」聽完孫晨曜的解釋，我得出這樣的結論。

「囉嗦。」他斜睨了我一眼，「倒是妳，天色這麼晚，也不注意一下周遭，走路不看路，假如我是什麼流氓或不良人士，一個火氣上來妳早就被拖去打了。」

「你很愛碎碎念耶。」

「要是不擔心妳，我才懶得唸。」他沒好氣地回。

勾起嘴角，我直視孫晨曜的眼眸，好奇地問：「這麼關心我？」

他推開我的臉，完全沒有看我，「妳那張臉已經夠醜了，要是再多補上幾拳就更難看了，我是為了我的眼睛好，才關心妳。」

我沒有說話，卻忍不住莞爾。

孫晨曜就是標準的刀子口豆腐心。

雖然平常他出口沒什麼好話，又毒又難聽，但實際上，我知道他擁有一顆柔軟的心。

總喜歡拐彎抹角地安慰我、關心我。

不久，公車緩緩從遠方行駛而來，我跟孫晨曜紛紛拿出悠遊卡，然後走上車。

坐定位後，我望著窗外景色，一排排絢麗的霓虹燈飛逝而過。

想起方才穿梭於人群的自己，我的心頓時一沉。

「……你不問我發生什麼事嗎？」沉寂良久，我問起坐在旁邊的孫晨曜。

「最一開始問了兩次，妳都沒回答，我想妳應該是不想說，就算了。」

「這麼容易就放棄？」我半開玩笑地回。

「不是放棄。」相較於我，孫晨曜的表情顯得無比認真，我被他正經的模樣給嚇了一跳，「只是覺得，與其一直問妳怎麼了，倒不如讓妳沉澱，什麼時候妳想開口了，我再聽妳講也不遲。」

我先是微愣，目光停留在他身上，定格住。

孫晨曜的話，恍若雨後的太陽，越過層層厚重的烏雲，照亮了原先灰暗的世界。

徐徐吐了口氣，我扭頭望向窗外，輕喚著他的名字：「……孫晨曜。」

他沒有應聲。

公車這時駛進人煙較為稀少的街弄，外頭一片漆黑，皎潔的月亮孤單地掛在天邊一角。

透過窗戶的反射，我看到孫晨曜的臉龐，他正盯著我，像是在等待我接下來的話。微微抽動唇角，掙扎片刻，我一字一句緩慢地開口：「……我大概是失戀了。」說完，我笑了，笑得無奈又淒涼。

而孫晨曜依舊不發一語。

「你說得對，這段感情不是我單戀久了，就會有結果。」我自嘲地笑了笑，「我自以為很了解這個道理，但事實證明，我只是知道，卻始終沒有去面對和接受，說完全不抱有希望是騙人的。明知道不可能，卻還是像個傻子似的偷偷期待，哪怕那絲希望有多麼渺茫……」

我轉過頭，對上他的視線，鼻頭逐漸酸楚起來，「你說，我是不是活該？」

「不是活該，只是笨。」孫晨曜緊繃著臉，神色嚴肅，「而且笨到無可救藥。」

我以為他要繼續唸我，然而下一句話卻全然顛覆我的想像。

「——不過，妳很努力。」孫晨曜輕拍著我的頭，語氣無比溫柔，「已經可以了。」

聞言，我頓時一怔，好不容易止住的眼淚，隨著他這句話，再度崩堤。

不同的是，方才的我宛如迷失在黑暗中，孤立無援，只能獨自站在原地嚎啕大哭。

然而此時此刻，我的身邊多了一個人。

我終於能夠如釋重負地放聲大哭。

仔細想想，我已經很久沒像現在這樣盡情痛哭過了。

確切的歲數我不太記得，只知道上一次是發生在國小的某次運動會。

身為全班百米測跑秒數最低的我，理所當然地擔起最後一棒。

當時我們班居於第二，和第一名班級僅差一、兩公尺的距離，我極有自信能超越。

眼看上一棒同學逐漸逼近，我走上跑道，向後伸出手，做出預備姿勢。

孰料，當第一名班級交接完棒次的剎那，他們的倒數第二棒的同學不曉得是不是跑昏了頭，一個不注意，直接撞上接完棒正要向前衝刺的我。

原本能夠健穩的步伐，因為對方這麼一撞，我瞬間踩空，踉蹌地撲倒在磚紅色跑道上。

那日艷陽高照，如火一般的滾燙立刻從地板傳遍全身。

比起疼痛，我更在意的，是早已跑遠的第一名，以及身後不斷掠過我的班級。

顧不及來自膝蓋的刺痛，我咬緊牙，奮力一搏，幾乎是一面含淚一面奔馳。

直到越過終點線的那刻，我再也忍不住放聲大哭。

那是一種不甘，一種沒能好好發揮的不甘。

我還記得，那時哭到一半，明明是別班的孫晨曜忽然出現在我面前，也不顧我還在哭，硬是把我往保健室拖去。

沿途上，他隻字未言，但從他掌心傳來的溫度，卻撫平我原先激動的情緒。

那是如春日裡太陽般的溫暖。

後來我哭得筋疲力盡，不知不覺在公車上睡著了。

就連到站還是孫晨曜把我叫醒，我才匆匆忙忙抓著悠遊卡起身。

孫晨曜搖醒我的那刻，我發現自己的頭是靠在他的肩膀上，意外的是，他沒有推開我，換作以往，他老早就把我的頭推到另一邊，一臉嫌棄。

想不到孫晨曜人挺好的。

思及此，我不由微笑。

街燈的光將我跟孫晨曜的影子拉得很長很長，沿路我們誰也沒有開口，僅有蟬鳴聲在耳邊唧唧作響。

氣氛雖然寂靜，我卻不覺得尷尬。

相反的，格外的舒坦、安心。

＊＊＊

暑假的最後一個禮拜，大概是聚餐那天耗盡我所有的力氣，再加上外頭艷陽高照，我寸步也不想踏出屋外，成日只想躺在沙發上，懶洋洋地發呆或是滑手機。

如此懶散的行徑，似乎讓媽有些看不下去，只見她撥了通電話後，不久孫晨曜的身影便映入眼簾。

當孫晨曜出現在客廳的那刻，我嚇得險些將手機給砸出去。

這是尋求第三方協助的意思嗎？

我愕然地望向媽，她神情委屈，「蘇瑾啊，妳一個女孩子，難得放假別總是窩在家裡，出去走走吧。」

「那、那妳可以跟我說啊，幹麼把孫晨曜叫來？」我滿臉驚恐。

「我已經講好幾天了，但妳根本不聽勸啊。」媽說得無奈。

「就算這樣，妳總該給我個心理準備吧？」我忍不住抗議。

「怎麼？怕我看到妳邋遢的模樣啊？」孫晨曜富饒趣味地望著我，止不住的笑意自嘴角蔓延而開。

我趕緊抓了抓頭髮，耳根倏地燙了起來，「我、我才沒有。」

這話我說得口是心非。

雖然我猜孫晨曜這傢伙從來就沒有把我當作女人看，我也不是很稀罕，但怎麼說還是外人。因為沒打算出門，我也就沒梳洗打扮，身上穿的仍是昨晚睡覺的衣服，一頭蓬亂，渾身就是剛睡醒的樣子。

被他撞見這一幕，我實在羞愧地想在地上鑽洞跳進去。

「沒事，我習慣了。」他說得輕快。

我抓起旁邊的抱枕，朝他一丟，「你來幹麼？」

「伯母要我帶妳出去。」

我沒好氣地問：「去哪？」

「隨便。」他聳聳肩，「反正不要待在家，哪裡都行。」

「那地點我決定。」我昂起下巴。

「都好，不過有個地方妳得陪我去。」

我狐疑地看著他，「什麼地方？」

「到時候妳就知道了。」孫晨曜揚起唇角，笑得神祕，「比起這個，妳還是快點上去整理一下。」

停頓幾秒，他加深笑容，補了句：「——還是妳想就這樣出門？」

「沒、有。」我咬牙切齒地瞪向他，一字一字用力道：「你在樓下乖乖地等。」

他沒有答應我，當我準備走上樓梯時，赫然驚覺孫晨曜竟緊跟在我身後。

「你要幹麼？」我一陣驚慌，隨即後退兩步。

「監視妳啊，誰知道妳會不會躲起來，或是開溜。」他神色自若地回。

「不會！」我將孫晨曜推離自己幾步，語帶兇狠地警告著：「你要是再跟過來，我就當你是變態。」

他眉頭一挑，笑得愉悅，「然後呢？」

「然後我就會通報警察。」

他依然笑著，那抹笑看起來是那麼的從容不迫，彷彿我的威脅一點用也沒有。

「總之，別再跟來了。」我瞪著他，戒備地向後退。

孫晨曜先是嗯了聲，接著邁開步伐逕自朝客廳的方向走去。

我則放心地吐了口氣，迅速跑回房間將門鎖上。

對於前幾天才想著孫晨曜人其實挺好的自己，我不禁感到後悔。

那絕對是幻覺。

驕陽高掛在天邊一角，普照著大地。

屋外晴空萬里，天空一片湛藍，幾乎不見完整的雲朵，僅有幾絲稀疏的薄雲悠悠晃著。

梳洗完畢後，我跟孫晨曜搭上公車，來到市區。

在能不曬到太陽、又有冷氣，能盡情玩樂的種種條件下，我唯一能想到的，只有這個地方。

「——電子遊樂場？」

腳步佇立在門前，孫晨曜緊盯遊樂場內，眉頭深鎖。

絢爛繽紛的燈光在眼前不斷閃爍，我勾起嘴角，拉著孫晨曜的手臂，大步走進裡面。

「你不是說地點讓我決定嗎？」我挺起胸膛，說得理直氣壯。

「我是這麼說過沒錯。」他依然緊皺著眉頭，「但我沒想到妳會選這裡。」

聞言，我不禁疑惑，「為什麼？」

「一開始聽妳說要來百貨公司，我以為妳是想要逛街，沒想到居然是來頂樓的電子遊樂場。」孫晨曜面露無奈，伸手彈了下我的額頭，「妳還真是長不大耶。」

「別鬧了啦，來百貨公司逛街我是能買得起什麼？」我吐舌，「就真的只是逛街而已。」

「那又如何？」他不以為然。

「那只是徒增心酸罷了。」我擺擺手，「再說了，這裡不好嗎？」

「是沒不好……」他環顧四周，下出評論，「不過跟在家打電動有何區別？」

「才不一樣！」我立刻反駁，嚷嚷著，「這裡的遊樂設施能夠活動全身，舒展筋骨。」

說完，我昂起下巴，一臉得意。

孫晨曜則白了我一眼，顯然不想理我。

「隨便妳，反正也很久沒來了。」他聳肩，「就勉為其難地陪妳一下。」

孫晨曜話是這麼說，但實際上，我發現他投入的程度不遜於我。

從他的模樣看來，簡直玩得不亦樂乎。

在接連玩了幾項設施後，我指著目前剛好是空著的太鼓達人，朝孫晨曜道：「比這個。」

「行。」他答應得相當爽快。

握緊鼓棒，我跟孫晨曜目光直盯螢幕，全神貫注地聆聽音樂敲打。

因為之前玩過幾次，所以我知道太鼓達人最多可以打三場，只要一個人過關，就能繼續打下一首。

前兩場我們選了大樹級別，彼此各吞一場敗戰，目前平手。

遊戲來到第三場，畫面停留在大樹等級，我正準備敲下的剎那，孫晨曜開口了。

「最後一首來個鬼級如何？」他甩動手中的鼓棒，輕挑著眉。

鬼級是太鼓達人中最難的級別，面對他的提議，我不免有些驚訝。

「你確定？」

「怎麼？不敢？」

「誰說我不敢了，鬼級就鬼級！」被孫晨曜這麼一挑釁，我的理智彷彿斷線般，毫無猶豫地用力敲下。

事實上，我從來沒有打過這個難度的歌曲。

只見紅紅藍藍的圓圈迅速飛過，一個眨眼，十幾個圓圈就這麼過去。

原本還會仔細聆聽音樂，跟著節奏敲打，但這場我卻無暇聽歌，僅能盯著螢幕上的圓圈，能打多少盡量打多少。

基本上，我幾乎是鼓面鼓邊隨意亂敲，一開始還很認真，後來實在跟不上，便直接放棄了。

「蘇瑾，妳這個成績是怎麼回事？」

結果出來時，孫晨曜看著螢幕，不停竊笑。

我不甘地朝他的分數望去，赫然發覺他的良率居然高達九十。

我有些驚呆，「你、你是不是常打啊？」

「沒有。」

「你一定有偷偷練習。」

「我練這個幹麼？」他失笑，「考試會考？」

「不然你怎麼這麼高分？」我質問。

「天生巧手。」他說得輕快，模樣極其得意。

我扁扁嘴，不是滋味地在一旁的木椅坐了下來。

「還有想玩的嗎？」孫晨曜順勢在我旁邊的空位坐下，好奇地問。

「差不多了。」伸了個懶腰，我露出心滿意足的微笑，「你呢？還要玩什麼嗎？」

他搖搖頭，「我本來就是陪妳來的，既然妳玩完了，就走吧。」

「走？」我不禁感到納悶，困惑地望向他，「走去哪？」

「出門前不就說過了嗎？要妳陪我去個地方。」

「不是陪我出來嗎？怎麼變成要我陪你了？」

「禮尚往來。」不等我答應，孫晨曜逕自拉起我的手，朝電梯的方向走去，「我已經給了一個禮，該妳了。」

「又不是我自願接受的禮，根本是你強塞給我的。」聞言，我忍不住抱怨，相當委屈。

即使如此，我的雙腳依然沒有停住，而是跟著他往前走。

沿途上，我不斷逼問孫晨曜要去哪裡，可他始終緘口不言，神祕兮兮。

直到下了公車，走了幾步後，我這才意識到目的地。

望著眼前的建築物，我不由一怔，步伐瞬間停住。

「孫晨曜，我們不會是要去……」

「就是妳想的那樣。」我的話還沒說完，他便回答了我的疑問。

我愕然地看著前方，腦袋一片混亂。

孫晨曜要我陪他來的地方——

我怎麼也沒想到居然會是學校！

從孫晨曜從容不迫的表情，和方才毫無停頓的回答來看，學校絕非臨時決定的地點，而是早就想好的。

對此，我不由感到納悶，一股疑惑自心底油然升起。

「孫晨曜，你可別跟我說你暑假放太久，開始想念校園生活。」我忍不住吐槽。
他則給了我一記白眼，「妳覺得有可能嗎？」
「當然不可能。」我挺起胸膛。
他一副受不了，「那妳還問我。」
「但除此之外我想不出其他原因。」我搔搔頭，一頭霧水，「不然你說，你要去……」
不等我把話說完，孫晨曜便邁開步伐，逕自朝學校裡走去。
我只得在後頭一面嚷嚷，一面追趕。
孫晨曜步伐極快，倘若我是用走的根本就追不上，沿途我幾乎是小跑步的方式緊跟在後。
只是愈跑，我愈是困惑。
總覺得這條路徑，十分的熟悉……
半晌，當孫晨曜停下腳步的那刻，潛藏在腦海中的猜測終於得到了證實。
望著眼前磚紅色的跑道，以及中間一片綠茵，我不由倒抽了口氣，心臟用力地跳動著。
我還沒弄明白究竟是怎麼一回事時，孫晨曜忽然從包包中拿出碼錶，回眸看向我。
「暖身得差不多了吧？」
我微愣，「咦？什麼？」
「跑得還不夠嗎？」他將碼錶掛在身上，「還是妳需要再暖身一下？」
聞言，我立刻明白他的意思。
原來剛才孫晨曜之所以走這麼快，為的就是逼我以跑步的方式跟上他。
「你、你想幹麼？」意識到這件事的我，頓時有些緊張。
「雖然剛剛在遊樂場耗掉不少體力，但百米還是能跑的吧？」

「等等，為什麼突然要我跑步？」我指著掛在他脖子上的碼錶，語氣盡是不解，「還有那個，你是要計時嗎？」

「不然呢？當玩具玩嗎？」他好笑地看著我，「反正，妳跑就對了。」

「總得給我個理由吧？」我不悅地扁嘴，「沒頭沒尾的，我幹麼聽話？」

「理由。」他的目光在我的臉上一滯，隨後微笑，「等妳跑完我自然會告訴妳。」

「你確定？」我面露狐疑，「不會毀約？」

「不會。」他的神情堅定如山，「我保證。」

聽到孫晨曜信誓旦旦的承諾，我雖然依舊疑惑，但還是站上了起跑線。

由於孫晨曜沒辦法鳴槍，只好改用哨子代替。

幸好現在是暑假，操場上的人寥寥無幾。

他先是站在中線，測試了幾次，確認在起跑線的我能夠聽見哨音後，便舉起手，示意預備。

我彎下身，深吸了口氣，接著抬眸緊盯前方。

不斷匯聚的跑道，在終點處幾乎快要聚成一點。

腦袋驀地閃過河俊學長在燒烤店門前偕著語霏徐學姊朝我走來的畫面，我感覺胸口悶緊。

彷彿有什麼人，正用力地掐緊我的心臟。

一直以來，那道白線就是我的目標，而我追逐的目標正是河俊學長。

這一刻，我忽然有些茫了。

宛如斷了線的風箏，無從依據，不知去向。

哨聲響起的剎那，我一時沒有調整好姿勢，照著原來習慣的方式起跑。

果不其然，一股不協調的不適感從腳傳來，儘管如此，我依舊繼續衝刺，內心挾著一團混亂，往前奔跑。

像是要把心中所有的不快給全部宣洩出來，咬緊牙，我不斷地跑，不斷地朝終點線衝刺。

越過白線的那瞬，孫晨曜按下碼錶，我則大口喘氣，並拭去額頭上的汗水。

「蘇瑾，妳最近在田徑社練習的秒數都大概多少？」他徐徐走來。

「十二點五左右吧。」

「那還沒加入田徑社前呢？」

我想了想，還沒加入田徑社前的話，應該就是體育課那次了。

思忖幾秒，我回：「十三點一。」

「是嗎？」孫晨曜眉頭深鎖，若有所思地瞥了眼手中的碼錶。

「怎麼了？」我伸長脖子，好奇地問：「我剛剛幾秒？」

他沒有回答，而是凝視著我，良久，這才緩緩將碼錶轉向我。

映入眼簾的數字，令我一怔，渾身僵住。

——十三點二一。

這個成績，連入社前都不及，簡直慘不忍睹。

驚愕的情緒奪走我大半的思考，我望著孫晨曜，啞口無言。

沉默在兩人之間橫亙而開，四周一片悄然，少了學生們的嬉鬧，樹上的蟬鳴聲顯得格外清晰。

「妳分心了，對吧？」

沉寂良久，率先開口的是孫晨曜。

他不再蹙眉，僅是一臉淡然地問著我。

我抿抿唇，不發一語。

「就算妳不回答我，我也已經從妳的表情看出答案。」孫晨曜面色平靜，慢慢說著：「跟戴河俊有關，對吧？」

我依然不言。

「蘇瑾，妳喜歡戴河俊嗎？」

這一次，孫晨曜的話終於讓我有了反應。

抬起頭，我瞪了他一眼，「你明知道。」

「那妳喜歡跑步嗎？」話鋒一轉，他又問。

孫晨曜的問題，猶如一輛正在行駛的汽車，忽然拐了個急彎。

我摸不清楚這前後有何關聯時，他再度出聲了。

「妳是為了自己跑，還是為了戴河俊跑？」

短短兩句話，恍若一把鎚子，往我心裡的那鼎鐘用力一敲——

震耳欲聾的鐘響，不僅貫穿我的思緒，亦驚醒了埋藏在心底的意念。

我愣愣地望著孫晨曜，久久沒有出聲。

他的疑問，彷彿一縷薄霧，將我的思緒給圍繞住，隨著時間一點一滴地流逝，那縷薄霧逐漸轉濃，成而伸手不見五指的濃濃大霧，緊緊纏繞。

而我，便佇立在濃霧之中，不知該往何處。

我喜歡河俊學長，這是無庸置疑的。

我喜歡跑步，這也是確認的。

前兩個問題我都能很快地回答，無須思考，唯獨最後一題，一時之間我竟答不出來。

不可否認，最初我確實是應河俊學長的邀請才加入田徑社。

但入社之後，每次的練習我都相當把握，儘管疲憊，卻甘之如飴，甚至像是上了癮，渴望更多的磨練。

究竟我是為了自己跑？還是為了河俊學長跑？

我分辨不出來。

「我認識的蘇瑾，是個只要提到跑步，就會興奮不已的人。」

沉寂良久，孫晨曜緩緩開口。

「頭腦雖然簡單，意志卻很堅定，只要是自己認定喜歡的事物，就會堅持到底，即便再辛苦，也會咬緊牙撐下去。」

他眺望遠方，目光縹緲。

「話雖如此，真正能讓她願意全心投入的事，還真的少之又少。」

他嘴角微勾，笑得愉悅。

「自小到大，她唯一沒有放棄過的，就是跑步，以前雖然沒有加入田徑社或是田徑隊，但我知道在她的心裡始終懷有一份他人遠遠不及的熱情。」

說到這裡，孫晨曜扭頭對上我的眼，話鋒一轉。

「——所以，我從來就沒想到，她居然會因為一個男人傷了神，傷到連跑步的初衷都忘了。」

聞言，我驟然怔住，腦袋一片慘白。

初衷？

我對跑步的初衷？

「可是，當初是因為河俊學……」

打斷亟欲辯解的我，他反駁：「對，的確是戴河俊邀請妳，妳才加入田徑社，也的確是因為他，妳才動了精進自己的念頭，但——」

他的視線緊鎖著我，使我呼吸一滯。

「——在還沒遇見戴河俊前，妳不也跑得很開心嗎？」他依舊緊盯著我，神情嚴肅，「妳知不知道剛才的妳，簡直就是胡亂衝刺，彷彿失控似的。」

「你又看得出來！」攥緊拳頭，我憤然。

「我當然看得出來。」相較略顯激動的我，他的語氣極其平靜，「我一直都看在眼裡。」

孫晨曜的話，恍若一道落雷，在我的世界轟然作響，震耳欲聾。

「對現在的妳而言，跑步還是快樂的嗎？」他又問。

快樂嗎？

方才在跑道上奔馳的我，快樂嗎？

咬了咬下唇，我的鼻頭忍不住泛起酸楚。

「不……快樂……」垂下眼，我的聲音逐漸沙啞，「現在的我，一點也不快樂……」

我感覺自己的內心好似被人給用力掏空。

那份對跑步的熱情，如今宛如一攤死灰，再也激不起半點火花。

是啊，明明在遇見河俊學長之前，我一直都是那麼跑的，縱然考試失利、縱然被老師責罵，我依舊跑得很開心。

為什麼現在就不行了呢？

「蘇瑾，妳聽好。」孫晨曜的嗓音伴隨風而來，語氣認真，「戴河俊可以是妳追尋的目標，也可以是妳努力的目標，但絕對不是唯一的重心。」

深吸一口氣，他接著道：「我希望我看到的，是笑著奔跑的蘇瑾，而不是剛剛的妳。」

孫晨曜專注的眼眸倒映我的眼底，使我的心用力一震，撼動不已。

我愣然地望著他，久久沒有回神。

先前孫晨曜鼓勵我加入田徑社時，我並沒有多想，直到這刻我才驚覺，關於跑步，原來他比我想像中要來得在意。

他一直都在背後，默默地支持我、勉勵我，甚至安慰我。

「這就是……你今天帶我來操場的原因？」良久，我微微張口，狐疑地問。

「嗯。」他頷首，毫無猶豫地承認，「縣賽就要到了，剩不到兩個月，想著與其等開學後才發現，倒不如提早讓妳領悟到這個道理。」

孫晨曜揚起唇角，「妳啊，只要記得那份單純熱愛跑步的心情就夠了。」

他的聲音很輕、很柔，如同拂在臉上的暖風，舒服宜人。

午後的陽光灑在他的身上，使我不自覺瞇起眼。

孫晨曜的話，恍若這道陽光，一併映進我的心底，讓本來陰霾的天空，再次撥雲見日。

我感覺自己原先沉重的步伐，頓時輕盈許多。

我先是在原地奔跑，然後拉著孫晨曜的手臂，朝起跑線的方向走去。

「孫晨曜，再幫我測一次。」我的語調充滿雀躍。

「不要。」

「小氣鬼，難得你今天話這麼多，不就是要我振作起來嗎？」我吐舌，「我都知道了。」

「要妳振作不代表我要幫妳測。」大概是見我精神恢復不少，平日裡那個孫晨曜又回來了。

「再一次，再一次就好。」我苦苦哀求，最後他拗不過我，一臉不情願地朝中線走去。

第二次的成績，雖然不如練習時來得理想，但還是回到十二點多的秒數。

「一定是暑假太懶散了。」孫晨曜瞥了眼碼錶，忍不住調侃，「看看妳躺在沙發上的模樣。」

「你安靜。」瞪了他一眼，我沒好氣地回。

徘徊在腦海中的濃霧這時漸漸散去，烈陽高掛在藍空中，猶如我此刻的心情，那般明亮。

＊＊＊

自從那天被孫晨曜點醒後，每天下午我都會去附近國小的操場練跑。

雖然暑假僅剩沒幾日，眼看就要開學，但我依舊把握這點閒暇時間，為的就是填補這些時日的空白。

原以為休息個三、四天沒什麼，不料我的體力和速度竟大幅下降。

幸好，隨著練習次數的增加，那份熟悉感很快便找回來了。

我這才徹底體悟到，持續鍛鍊的重要。

——難怪之前河俊學長每天都會留下來自主訓練。

不單純是因為喜歡，更是為了讓自己時時保持在最佳狀態。

至於孫晨曜，儘管嘴裡喊著天氣太熱，不想外出，但最終還是會陪我一起出門，幫我計時，紀錄成績。

「我可不是慈善家。」他用原子筆敲了敲紀錄版，冷哼道：「這筆帳我絕對會討回來。」

對此，我不由一笑，不斷調侃他還真是個吝嗇的傢伙。

「戴河俊的事情妳打算怎麼辦？」

開學前夕，當我站在樹蔭下擦汗，休息的同時，孫晨曜朝我走來，徐徐問道。

「什麼怎麼辦？」

「妳決定要放棄了嗎？」他的語氣挾著幾分認真，不像是在開玩笑，也不像是隨口問問。

放下毛巾，我沉下臉，目光落在腳邊的樹葉，停住。

「還沒想好？」見我沉默，孫晨曜又問。

一道暖風這時迎面吹來，抿抿唇，我盯著那些隨風起舞的落葉，然後頷首，「嗯……還沒。」

「總不能就這樣擱著不管吧？」

「我知道。」昂起頭，我感慨地望著湛藍無比的天，並嘆了口氣，「可是要我現在放棄，我覺得我做不到。」

這次換孫晨曜安靜了。

他先是仔細凝視著我，半晌，這才緩緩開口：「妳可別跟我說妳還想再努力一次。」

「如果我說是呢？」我不服氣地反問。

「那妳就真的是個蠢蛋。」他鄙夷地瞥了我一眼，「而且還是蠢到無藥可救的蠢。」

聞言，我氣得直往他身上揮去一拳，「過分！」

「難道不是嗎？」他不以為然。

我則扁扁嘴，「其實不用你提醒，我也知道該給自己設個停損點。」

無奈的情緒這時自心底蔓延而開，彷彿有什麼人拿著一塊布，悶住我的胸口，悶得令人難受，幾乎快要窒息。

我感覺喉嚨一卡，好似有什麼東西梗在喉間，相當不自在。

「孫晨曜，你覺得縣賽如何？」我好奇地詢問他的意見，「我左思右想，依舊想不出個最理想的答案，於是乾脆把那個停損點設在縣賽那天。」

不等他回答，我逕自說下去：「就當作是個結束，縣賽當天我會向河俊學長告白，被拒絕也沒關係，反正我早就有覺悟了。」

孫晨曜沒有出聲，亦沒有任何動作，就只是佇立在原地，靜靜地端詳著我。

對此，我不禁慌了。

「怎麼？不好嗎？」我自嘲地笑了笑，「還是你覺得我笨，沒事找事，給自己撕開那塊傷口？」

「嗯，是很笨。」聽到我這麼問，他毫無猶豫地認同。

我以為他又要開始碎念我，不料，孫晨曜竟別開了眼，「不過，要是妳認為這是最好的結束，那就這麼做吧，按照妳喜歡的方式來行動。」

我瞪圓了眼，略感詫異，「你不罵我？」

「罵了有什麼用？」他斜睨了我一眼，「妳還不是聽不進去。」

「嗯……搞不好會聽個三分啊？」

孫晨曜陰冷地掃過我的臉，「妳哪次聽話了？」

我不敢多言，只得乖乖閉上嘴。

「而且我知道，要妳什麼都不做就放棄，簡直就是天方夜譚。」他的表情依舊冷如冰山，使我不敢輕易妄言，「與其如此，倒不如按妳所想的方式做個了結，也沒什麼不好。」

「孫晨曜，你還真了解我。」我忍不住吐舌。

他輕挑了挑眉，有些得意，「早就說過了，妳又不信。」

「有一種被看透透的感覺，實在不舒服。」我搓著身體，直打哆嗦，嫌棄地看著他。

孫晨曜勾起邪魅的笑容，朝我邁進一步，「妳想被我看透透？」

我先是一愣，思量幾秒，瞬間明白他的意思。

「你這個變態！」我感覺臉頰逐漸滾燙起來，隨即退後一步，試圖跟他保持距離，「講話能不能正經點。」

「我很正經啊。」他抬起下巴，說得一副理直氣壯。

我沒有理會他，而是轉過身。

望著眼前磚紅色的跑道，回想這些日子發生的種種事情，我捏了下衣角。

抿抿唇，我緩緩開口：「……孫晨曜，謝謝你。」

他先是靜默，接著回了句：「有什麼好謝的。」

背對著孫陳曜，我攥緊拳頭。

謝謝你在背後推我一把，鼓勵我加入田徑社。

謝謝你在聚餐結束後，默默陪伴我。

謝謝你在我消極頹靡時，點醒我跑步的初心。

好多好多想說的話，此刻不斷湧上心頭。

然而，思來想去，最終我還是只說了一句：「……總之就是想謝謝你。」

「行了、行了。」

「怎麼？你害臊了？」回眸，我笑盈盈地看向他。

孫晨曜瞇起眼，然後別開頭，顯然不想與我繼續對話。

午後的風吹動操場中央的綠茵，望著他逐漸泛紅的耳根，我不自覺揚起笑容。

縱然平時的孫晨曜有那麼點惹人厭，但這段日子，若沒有他，就沒有如今振作的我。

他的存在，如同黑暗中的一盞燈光，引領我向前。

***

一股冰涼的觸感自腳底席捲而來。

空氣中瀰漫著漂白水的氣味，鈴鐺般的嬉笑聲迴盪於整座游泳池。

搓著身體，我試圖讓自己感覺暖和些，可惜不太成功。

開學第一週，體育課恰好輪到游泳。

縱然盛夏已過，九月依舊艷陽高照，原以為這樣的天氣下水應該再適合不過，看來是我錯了。

當皮膚接觸到冰水的那刻，我不禁有些後悔。

「加油啊，蘇瑾，一口氣跳下去。」坐在岸邊的詩潔朝我大喊，只見她笑得燦爛，一副就是看好戲的樣子。

詩潔以生理期為由，逃了這禮拜的游泳課。

一方面是嫌梳洗過於麻煩，一方面是她覺得會冷。

原本我還調侃她神經太敏感，如今想來還是詩潔聰明。

早知道我也說生理期來。

由於是第一堂課，老師簡單地介紹了蛙式的基本動作後，便讓大家自由行動。

期間，我注意到岸邊的詩潔正和班上一位女生聊天。

那女生從頭到尾低著頭，神色看似緊張，且談天的同時，目光不斷朝泳池的方向投來。

雖然不是很確定，但我總有一種她就是在看我的感覺。

我認得那個女生，她是副班長，為人活潑。。

我先是游了幾趟，當作鍛鍊體力，同時消遣時間，待那女生離開後，我這才上岸，徐徐走向詩潔，並在她旁邊的位置坐了下來。

「唷，怎麼起來了？」詩潔一見到我，嘿嘿笑著。

我沒有回答，而是逕自開起話題：「妳跟副班長很熟？」

「妳看到我們在聊天？」她面露詫異，似乎感到意外。

「嗯。」我聳聳肩，「她的視線太明顯了，要人不察覺也很難。」

詩潔這時往我挪近一點距離，神祕地笑，「那妳要不要猜猜，我們聊了什麼？」

我皺眉，「誰猜得到啊。」

「嚴格來說，是她主動來問我問題。」

「咦？」詩潔的話讓我更震驚了，沒想到毫無交集的副班長，居然會主動找她攀談，「她問了什麼？」

詩潔眨眨眼，依舊笑著，「妳猜啊。」

「就說我猜不到。」我斜睨了她一眼。

「給個提示，跟妳有關。」

「我？」我簡直百思不得其解。

難道是想跟我交朋友？應該不是吧？

見我久久沒有答聲，詩潔再也忍不住，直接公佈答案：「——她想知道妳跟孫晨曜的關係。」

我倏地一怔，迎面而來的微風使我不自覺打了顫。

「我跟孫晨曜的關係？」我愕然地望著她，隨後失笑，「不就是青梅竹馬嗎？我以為這是眾所皆知的事。」

不得不承認，孫晨曜的確有一張還算帥氣的臉蛋。

多虧這張臉，打從國小開始，他的身邊總是圍滿著人，眾星拱月。

高中亦不例外，入學沒幾週，便成了當屆的風雲人物，多少女生爭先恐後搶著告白。

原本只求低調度過高中三年的我，拜孫晨曜所賜，搞得全年級的人都認得我這號人物。

儘管不曉得我的名字，但他們一定記得我跟孫晨曜的關係。

——孫晨曜的青梅竹馬，他們都是這麼稱呼我的。

「是啊，我也是這麼回她，但她的表情顯然存疑。」詩潔朝副班長的方向覷了眼，然後迅速收回視線。

「存疑？」

詩潔點點頭，環視四周，並壓低了聲音，「聽說暑假的時候孫晨曜陪妳來學校練習，這是真的嗎？」

我微愣，隨後擰眉反問：「妳哪裡聽來的？」

「副班長跟我說的，據說是有人來學校打球剛好撞見了。」

——是孫晨曜點醒我跑步初衷的那天。

那日人煙稀少，我沒什麼留意周遭，再者我自認我跟孫晨曜清清白白，沒必要躲躲藏藏。

所以，我毫不猶豫地承認了，「我確實跟孫晨曜來學校練習過，那又怎麼了？青梅竹馬就不能單純陪練嗎？」

「妳跟我解釋也沒用啊，心有疑惑的人是副班長。」詩潔滿臉無奈，接著將臉湊向我耳邊，悄聲道：「之前曾聽副班長身邊的好友說過，她好像對孫晨曜懷有好感，畢竟孫晨曜是班長，兩人交集多，大概是因此動心了吧？」

我沒有說話，僅是嘆了口氣。

孫晨曜的青梅竹馬還真不好當。

「算了，她若真的想追問到底，到時候自然會來問我，我再跟她澄清吧。」

「也是。」詩潔頷首，表示認同，「還是乾脆順水推舟，你們直接在一起算了？大家也不用猜來猜去。」

白了詩潔一眼，我抓起毛巾，起身，「假如我真的跟孫晨曜在一起，那我一定是腦子傻了，有被虐傾向。」

不等詩潔回我，我逕自邁開步伐，往更衣室的方向走去。

隨著腳步愈走愈遠，我的思緒逐漸混亂起來。

佔據腦海的，盡是方才和詩潔的對話。

是不是女生喜歡一個人後，都變得很容易猜忌？

因為喜歡，所以在意；因為在意，所以懷疑。

副班長質疑我跟孫晨曜之間的關係，正如同我質疑河俊學長跟語霏學姊。

換位思考，總覺得我好像能稍微理解副班長的心情……

即使我討厭這樣的自己，卻也無法控制這樣的自己。

惱人的情緒不斷湧上心頭，怎麼樣也抑制不住。

從置物櫃拿起包包，當我準備走進淋浴間時，一道熟悉的聲音自後方響起。

「唉？這不是蘇瑾嗎？」

回眸，映入眼簾的，是語霏學姊曾經的夢魘。

——白羽歆。

我猝不及防一愣，愕然地看著眼前的人。

白羽歆的出現，是我始料未及的。

自從上次在教學大樓對話結束後，我就再也沒見過她，每次去田徑社練習時，也刻意選擇別條路走，盡可能避免跟白羽歆相遇。

可我怎麼也沒想到，居然會在這種地方再度碰面。

——而且還偏偏是我落單的時候。

或許是梳洗過於麻煩，不只詩潔，班上許多女生都以生理期或身體不適為由，沒有下水。

加上我提早上岸，如今在淋浴間的人除了我之外，就只剩下她們了。

我戒備地盯著白羽歆和她身後那些女生，一股不祥的預感自心底油然升起，並向後退了一步。

「還真是巧啊。」率先出聲的人是白羽歆，她面帶微笑地看著我，笑得不懷好意，「你們班也是游泳課？」

「有什麼事嗎？」沉著一張臉，我用著毫無起伏的語調回：「如果妳只是想閒聊，恕我無法奉陪，我等等還有課。」

「好吧，既然妳這麼沒耐心，那我就開門見山地說了。」白羽歆聳聳肩，高傲地俯視著我，「前陣子我給妳的警告，妳聽進去了？」

「嗯，聽了。」

「然後？」

「然後？」我狐疑地重複她的話，面露不解，「妳希望我怎麼做？難道我離學長還不夠遠嗎？」

「當然不夠！」她的神情陡然一變，面目猙獰，「只要妳還待在田徑社一天，就還不夠遠！」

「所以，妳的意思是要我退社？」

「是。」

面對白羽歆的話，我不禁感到好笑。

是什麼樣的自傲，讓她認為提出這樣的要求是件理所應當的事？

對此，我失笑，「現在的我，之所以還待在田徑社，純粹是因為我熱愛跑步，跟學長無關，憑什麼妳讓我退社我就要退社？妳簡直是在抹煞一個人追求自己喜歡事情的權力。」

「妳喜不喜歡跑步我根本不在乎。」白羽歆目光凶狠，「要跑，妳大可自己跑，不一定要留在田徑社，說實話，那只是妳想待在戴河俊身邊的藉口吧？像隻蒼蠅似的，晃來晃去。」

聞言，我忍不住大笑，「這我就不懂了，像蒼蠅的人是誰？從國中死纏爛打到高中的人又是誰？」

「蘇瑾！」她氣急敗壞地朝我咆哮，往前跨一步伸手就要扯我頭髮。

幸好我反應夠快，靈巧地側身，順利躲過白羽歆。

原本我打算回擊，腦海卻驀地浮現河俊學長的聲音。

「假如妳輸了，妳就得聽語霏的話，離白羽歆遠一點。」

想起那場比賽的勝負，停在空中的右手頓時一滯，接著放下。

「我沒時間跟妳耗，總之，我不會靠近學長。」我陰冷地掃向白羽歆，「但我也不會退出田徑社。」

說完，不等白羽歆回答，我逕自走進其中一間淋浴間，並迅速鎖上門。期間，我聽到白羽歆在外頭幾近失控地怒吼，她甚至不斷捶我門，讓我出來。

對於她的話，我充耳不聞，好似什麼事也沒有發生，悠哉地搓起泡泡。

洗到一半，忽然，一股極燙的觸感自頭頂竄遍全身。

我抬頭一看，發覺隔間上露出半個蓮蓬頭，滾燙的水柱灑向我。

下一秒，另一邊亦跟著露出半個蓮蓬頭，和原來相反，右側是極燙熱水，左側是極冰冷水。

我被她們極其幼稚的行徑弄得心煩氣躁，最後乾脆不洗了，把泡沫沖掉後，站在一個那些水潑不到的地方趕緊換上衣服。

當我打開門的瞬間，白羽歆冷不防闖進我的視線。

我沒料到她會守在門口等，我倏地一驚，隨即故作鎮定。

此時的白羽歆，似乎冷靜許多，模樣不如方才盛怒，卻依舊極其不友善。

「是戴河俊跟妳說的？還是紀語霏跟妳說的？」她的聲音隱隱約約夾雜著怒意，「是紀語霏告訴妳的吧？我從國中就喜歡戴河俊這件事。」

我皺起眉，疑惑地反問：「這很重要嗎？」

「戴河俊鮮少跟人提起自己的事。」

語落的剎那，我立刻明白白羽歆問我這句話的意義。

因為學長不常談論自己，假如是學長告訴我這件事，那表示我們之間的關係一定比普通的學長學妹要來得好。

我有些詫異，沒想到簡單的一句話，白羽歆能想得這麼深。

她的善妒、她的執著、她的瘋狂，遠遠超乎我的想像。

「白羽歆很喜歡戴河俊，從國中開始就喜歡了，她的愛很深、很強烈，佔有慾極強，她不允許任何一個女生跟戴河俊有過多的接觸。」

這一刻，我終於體悟到語霏學姊的意思了。

「不是學長。」儘管答案很明顯，但我依然不想直接供出學姊的名字。

白羽歆仔細地端詳著我的臉，大概是確認我沒有說謊，沒有繼續追究。

「蘇瑾，這真的是我最後一次給妳提醒。」沉寂良久，白羽歆悠悠開口，一字一字緩緩地說，彷彿怕我漏聽似的，「退出田徑社，離戴河俊遠一點。」

面對她的威脅，我不覺害怕，反倒無奈。

對上白羽歆的眼眸，我面無表情地盯著她，半晌，我沒好氣地回：「既然妳都說最後一次，那這也是我最後一次回答妳。」

加重音調，我冷冷道：「我不會退社，絕對不會。」

這一刻，我感覺到白羽歆的眼底湧現無數的憤怒。

但她沒有像剛才一樣朝我大聲咆哮，我注意到她握緊拳頭，嘴角抽動了兩下，像是在隱忍隨時都會爆發的怒意。

我寧願她把情緒發洩出來，可她沒有。

「好，很好。」白羽歆笑得陰寒，「那我們走著瞧。」

看似相安無事的氣氛，宛如暴風雨前的寧靜，實際上卻令人不寒而慄。

Chapter 04

西風揚起滿地的枯黃落葉，掩藏不住的濃濃秋意，自空氣中蔓延而開。時光飛逝，轉眼間，深秋已悄然來臨。

隨著縣賽將至，田徑社全體無不專注練習，教練甚至替每一位社員重新擬定一份新菜單，以提升實力。

看著眾人認真的模樣，我不禁莞爾，並在心裡默默祈禱每個人都能有好成績。那些付出的努力和汗水，為的就是能在縣賽那天展現出最佳的成果。

傍晚，夕陽的餘暉斜映在操場上，將正中央的綠茵染上了抹紅，也讓跑道顯得更加亮眼。田徑社大夥們坐在跑道一旁，圍繞成圈。

眼看明天就是縣賽，說不緊張是騙人的，但除了緊張，更多的是期待。環顧四周，個個表情亦是如此，不安的情緒是有，雀躍的情緒也有。看樣子，面對縣賽，大家的心情是差不多的。

特別是高二成員，大多都是第一次參賽，神色激昂，格外明顯。

「今天就先練到這，晚上吃飽飯就趕緊回家休息，你們也知道比賽最重要的就是體力跟精神，精神不好，平常跑得再好再快、訓練再多終究只是白費。」

一片寂靜中，子揚學長的聲音分外清晰。

平日裡笑臉盈盈的他，難得一臉嚴肅。

「尤其是高三的社員，這是我們最後一次參賽了。」說到這裡，子揚學長面色微黯，話裡隱約透著幾分不捨和難過，「所以更要好好珍惜這次的機會，這次若留下遺憾，那麼高中生涯就真的只能永遠遺憾了。」

忽然，他站起身，攥緊拳頭，目光熾熱，「即便是輸，也要輸得毫無懸念！」

語落的那刻，高三的學長們紛紛鼓掌，此起彼落的贊同聲不斷響起。

見狀，我不禁淺笑。

子揚學長不愧是田徑社最能動帶氣氛的人。

「那麼，最後就由我們的社長來發表幾句話。」待眾人平復後，子揚學長將發言權轉到河俊學長身上。

只見河俊學長鮮見地露出一絲笑容，大概是不習慣這種場合，那絲笑容映著些許尷尬。

他先是審視周圍一圈，原先尷尬的微笑這時轉為飽滿、真誠。

「如同子揚所言，這次是高三社員最後一次參賽了。」他徐徐開口，向來毫無起伏的語調罕見地挾有情緒，一種感慨的情緒，「即使如此，今年我一樣會全力以赴，不會放水，如果有其他學弟妹以我為目標，也歡迎超越。」

說完，他加深微笑。

此話一出，空氣頓時一片靜默，沉寂片刻，回應聲猶如雨後春筍般迅速湧現。

「社長，很囂張喔，是不是認定我們跑不贏你才這麼說？」一位學長率先打破沉默。

「對啊，社長，你都這麼挑釁了，沒有摘回獎牌我們可不會輕易饒過你！」另一位學長跟著附和。

看著學長們一個個不甘示弱地喊話，我忍不住輕哂。

河俊學長不是個擅長說勉勵話的人，所以他用自己的方式，鼓舞大家。

而大家熱烈的反應，更在不知不覺中提振了士氣。

至於我，對於縣賽的到來，那股潛藏在心底的躁動，因為眼前的景象如噴泉般宣洩開來。

我不自覺地跟著握緊拳頭，暗暗期盼明天快點到來。

圓圈解散後，我隨意扯了個藉口，讓其他人先走，實際上，自己則是留下來繼續練習。

佇立在起跑線，我調整著動作，試圖抓到最佳的預備姿勢。

河俊學長曾說過，起跑是我的弱點，我不希望讓這個弱點太過影響我的成績，所以我想盡可能改善這個缺項。

儘管剩餘的時間不多，但能努力多少是多少。

「背太僵直了，肩膀再低些。」

調整到一半，忽地，一道熟悉的嗓音自我的背後響起。

我倏地怔住，隨即回眸，那占據我大半心思的臉龐就這麼毫無預警地闖進我的視線。

我瞪圓杏眼，詫異地望向他。

「學、學長？」我感覺自己的心跳逐漸加快，「你怎麼在這？」

「忘記子揚剛剛說過的話了嗎？比賽最重要的就是體力跟精神。」雖然是訓誡，但河俊學長的語氣卻沒有任何不悅。

我歉然地笑了笑，急忙解釋：「我知道，所以我沒打算跑，只是調整姿勢。」

他沒有說話，僅是凝視著我。

一道晚風這時迎面而來，吹起我的瀏海，學長的頭髮亦隨之輕輕搖晃。

良久，他放柔了目光，聲音帶點無奈，「果然是蘇瑾。」

聞言，我不由失笑。

「學長應該參加過很多比賽吧？」想到明天的縣賽，我好奇地問：「還會覺得緊張嗎？」

「多少有一點。」他望向遠方，眼神縹緲，「而且明天的比賽對我來說很關鍵。」

我微愣，疑惑地重複：「關鍵？」

「嗯。」收回視線，他頷首，語氣無比認真，「非常關鍵。」

學長的神情，看上去映有幾分苦澀，眼底卻蘊含著堅定的決心。

我不明所以地眨眨眼，原想繼續追問，但在看見他的表情後，最終還是將疑問吞回肚子裡。

既然他沒打算講明，那我就順著他的意，安靜裝傻。

——總覺得，和語霏學姊有關。

當這個猜測自腦海浮現的剎那，我感覺自己的心被人給用力掐緊。

彷彿指尖一點一滴滲進肉裡般，疼得令人難受。

咬緊下唇，我深吸了口氣，試圖穩住這股情緒。

沉默在兩人之間橫亙而開，望著盡頭的終點，我垂下眼眸，心裡有個天秤左右搖晃。

「……學長。」

聽到聲音，河俊學長看向我。

我掙扎地捏緊衣角，猶豫半晌，終究還是開了口：「……縣賽結束後，學長有空嗎？」

「怎麼了嗎？」他面露困惑。

抬起頭，我勇敢地對上他的視線，「——我有話想對學長說。」

「對我說？」他的眼底閃過一絲驚訝，隨後反問：「不能現在說？」

「嗯，不能。」我不假思索地回。

他沒有出聲，目光卻緊鎖著我，不發一語。

被學長這麼凝視，我感覺自己的心臟幾乎快要衝破胸口，好幾次就要別開眼。

儘管如此，我依舊強裝鎮定，與他四目相接。

沉寂一陣子，學長的聲音伴隨著風一併送來——

「那妳再跟我約地點。」

他看著我，聲音雖然一如往常的平淡，可眼裡卻隱隱約約透著一絲痛楚。

察覺到那絲潛藏在學長眼底的痛苦後，我先是微怔，久久不語。

向來面無表情的他，偶爾露出笑容已是極為難得，我曾未想過，自己居然會撞見這樣的一面。

對此，我不禁深感錯愕，震驚的情緒佔據了整個腦海，使我無法思考。

「蘇瑾。」他的目光依舊停留在我身上，寸步不移，「有時候看著妳，我就好像看著自己。」

學長的眼眸逐漸黯淡，失去了生氣。

我沒有回應，僅是靜靜地凝視著他，等待他接下來的話。

斜掛在天邊的夕陽，此刻正漸漸沒入地平線，原先輝映著操場的晚霞，幾乎就要消失殆盡。

暮色蒼蒼，幾隻麻雀從天空展翅飛過，不知飛向何處。

原本一旁球場的喧囂，這時沒了。

整個跑道一片悄然，徒有風吹起落葉的沙沙聲。

這股令人焦躁不安的寂靜，使我下意識地攥緊拳頭，坐立難安。

良久，學長嘴角微勾，笑得無奈，「要傻，我一個人傻就夠了。」

我愣愣地望著他，不明白他話裡的含意。

但學長沒有多作解釋，而是將書包的背帶往肩膀上一拉，另闢話題：「一起去校門口嗎？」

聽到他的邀請，我隨即回過神，將思緒拉回現實，急忙回了句：「沒、沒關係，我再練一下。」

「天色很晚了，妳也別練太久，很危險。」學長皺起眉，叮囑著。

「沒事，我朋友會在公車站等我，不要緊的。」我趕緊擠出一抹淺笑，讓他別擔心。

「那個男生？」

我倏地一愣，忍不住回：「學、學長知道他？」

「見過幾次。」他淡然解釋：「有時候自主練習結束後，會在學校附近看到他，而妳也剛好往那個方向走。」

我瞬間恍然大悟。

「你們關係很好嗎？」學長又問，語氣相當平淡，一點起伏也沒有。

「我們是青梅竹馬。」

他微微頷首，示意了解，沒有再繼續問下去。

之後，學長先行離開了，我則走到樹蔭下，一面休息，一面整理著書包。

望了眼學長逐漸遠去的背影，我的心慢慢收緊，有點悶、有點難受。

「有時候看著妳，我就好像看著自己。」

「要傻，我一個人傻就夠了。」

腦袋驀地浮現學長方才的兩句話。

原先正在收拾的手頓時一滯，沒有動作。

這是什麼意思？

我跟學長一樣？一樣什麼？一樣傻嗎？

我困惑地咬緊下唇，並加快整理的速度。

不久，我背起書包，慢步朝校門的方向走去，盤旋在腦海的，依然是那兩句話。

越過操場，當我走到大榕樹時，忽然，一抹身影擋在我面前，我猝不及防地撞上。

「走路要看路啊，蘇瑾。」一道熟悉的女聲傳進我的耳裡。

我心一驚，連忙抬起頭，白羽歆不懷好意的笑臉冷不防映入我的視線。

「剛剛和戴河俊聊得很開心，是不是？」她笑得詭譎，令人不寒而慄，「說不會接近戴河俊，也是騙人的，對吧？」

我警覺地向後退了一步，環顧周遭，四下無人，一股強烈的不祥預感自心底迅速竄起。

「不反駁，是默認的意思？」見我沉默，她加深了笑容。

「反正無論我說什麼，妳也不會相信，不是嗎？」我挺起胸膛，試圖藉此提振自己的氣勢。

「蘇瑾。」白羽歆朝我靠近一步，幾乎就要貼上我的臉，「聽說明天就是縣賽了。」

我屏息地盯著她。

下一秒，那抹笑覆上幾分陰寒，「——要是腿受傷了，那該怎麼辦？」

語落的剎那，我的身體瞬間僵住，背脊發涼。

仔細審視白羽歆的眼神，我知道，她是認真的。

這不是單純的威脅，而是有可能發生的事。

在意識到事情的嚴重性後，我突然感到害怕，恐懼直湧心頭。

想起白羽歆在游泳池對語霏學姊做過的事，我不禁打了個冷顫。

怎麼辦？我該怎麼辦？

幾個女生這時從不遠處走來，白羽歆笑得更樂了，我只好迅速從書包裡拿出手機，撥了一串熟悉的號碼。

接著我一面朝反方向逃跑，一面在心裡默默祈禱對方快點接起電話。

我才沒跑幾步，衣服便被人給扯住，回眸一探，發現是白羽歆，她的眼裡佈滿血絲，狠狠瞪著我。

於此同時，電話接通了。

「喂？」

「孫、孫晨曜，幫、幫我，拜……」

我的話還來不及說完，手機便被白羽歆硬生奪去，然後丟向旁邊的草地。

「討救援？」白羽歆死死扯著我的衣服，像是要把它撕碎一樣，「一個騙子也想討救援，想都別想！」

大概是見我跟白羽歆互相拉扯，那幾個女生趕緊跑來，聯手把我架住。

「很能跑嘛，蘇瑾。」她諷刺地說。

「上次的教訓還不夠嗎？」我憤然，「一支大過，強迫轉班，這次想要轉學嗎？」

「用不著妳管！」她提高音量，尖銳的聲音刺痛了我的雙耳，「與其擔心我，妳還是多想想自己吧？明天的比賽，妳是不用出場了。」

「妳以為妳這麼做，學長就會看向妳嗎？」我咬牙切齒，「妳只會把自己喜歡的人愈推愈遠！沒有一個男生會喜歡像妳這種恐怖情人！」

「我無所謂。」她笑了，笑得嘲諷又心酸，「自從紀語霏出現後，我就更加確信，戴河俊永遠都不可能回頭看我！憑什麼是紀語霏？那個女人哪個地方值得戴河俊動心？」

白羽歆愈說愈激動，長期隱忍在心底的憤怒，如同劇烈搖晃的汽水般全數宣洩而開。

我不敢置信地看著白羽歆，我很清楚，此刻的她已經失控。

她的表情陡然一變，面目猙獰，「既然如此，那倒不如全部破壞掉！」

白羽歆伸手接過其中一位女生手上不曉得從哪裡來的鐵棒，高空揮起，毫不猶豫地直接往我的腳踝落下——

一道椎心刺痛的刺麻感自腳踝迅速竄遍全身，直衝腦門。

我痛苦地發出一聲尖叫，眼淚不受控地奪眶而出。

灰茫茫的天空，不斷旋轉，眼前的景象逐漸模糊，朦朧不清。

四周悄然無聲，安靜的彷彿誰也不存在似的。

我的內心彷彿飄起一場無聲的大雪，大雪蓋過了人聲，同時淹沒了我的理智。

為什麼？為什麼我非得遭遇這種事？

是因為明天縣賽結束後我準備向學長告白嗎？

明知不可為，卻依然堅持己見。

是因為這樣，上天才要懲罰我嗎？是嗎？

我在心裡不斷質問自己，指甲則是緊緊抓著地上的雜草，不甘和痛苦的情緒排山倒海而來，幾乎快要將我吞沒。

宛如滔滔巨浪，波濤洶湧迎面撲來，撲得我頭暈目眩。

「蘇瑾！」一道熟悉的呼喊聲從很近的地方傳來，我虛弱地睜開眼，發現孫晨曜慌張地朝我跑來，然後抱住我，「妳還好嗎？沒事吧？」

眼角的餘光這時注意到，那些協助白羽歆的女生倉皇逃跑的身影。

我勉強起身，望向腳踝，一道怵目驚心的瘀青映入眼簾，幾絲鮮血汩汩流出。。

「……腳。」我指著腳，聲音沙啞，「……我的腳……」

儘管我在白羽歆揮下的那刻及時移動了位置，但依舊無法完全閃躲，部分的鐵棒仍砸在我的腳踝上。

因為角度偏移的關係，甚至劃出一道傷口。

我不敢想像，倘若方才的我就這麼毫無所為地任憑白羽歆動手，直接擊中，後果會是如何。

不過從目前的傷口和疼痛來看，明天的比賽，我大概也跑不成了。

意識到這項事實的我，鼻頭不自覺泛起酸楚，淚水再度落下。

「怎麼了？很痛嗎？」見我哭，孫晨曜緊張地問。

我先是搖頭，接著點頭，泣不成聲。

痛，當然痛，但比起腳踝的傷，更令人絕望的，是明天無法出賽的自己。

這段時間以來，我究竟是為了什麼不停練習？

好不容易釐清跑步的初衷，決定為自己努力而跑，可如今，我連上場的資格都沒有。

全都沒有了……

想到這裡，我再也無法控制地放聲大哭，孫晨曜見我如此，沒有多說什麼，僅是將我攬進懷裡，任由我發洩。

期間，他不忘從書包裡拿出衛生紙替我的傷口止血，並輕拍著我的背。

後來，也不曉得過了久，我哭得筋疲力盡。

離開孫晨曜懷裡的剎那，我這才驚覺四周一片昏暗。

暮色低垂，幾顆星子在如墨般的夜空中閃爍。

在孫晨曜的攙扶之下，我算是勉強起身，卻極為不穩。

「還行嗎？」他的語氣盡是擔憂。

咬緊下唇，我原想回答可以，然而右腳卻忽然使不上力，失去重心的我，再次跌坐回地板上，模樣狼狽。

見狀，孫晨曜沒有再伸手扶我，而是轉過身，背對著我，蹲下。

「上來。」

「……啊？」我一愣。

「快點，上來。」他用著不容反抗的語調命令道。

面對孫晨曜強勢的態度，我只好硬著頭皮，幾乎是以爬的方式攀上他的背。

在確定我完全上來後，孫晨曜抓起我的小腿，抖動了一下身子，揹著我朝公車站牌的方向走去。

沿途相當寂靜，誰也沒有開口，徒有晚風呼嘯而過。

沉默在空氣中蔓延開來，我知道，孫晨曜應該有很多話想問我，但他沒有，或許是想讓我先暫時靜一靜。

趴在孫晨曜的背上，看著他隨風擺動的髮絲，我有些失神。

好像每一次，都會讓他撞見如此不堪的我。

也好像每一次，都是他陪在我身邊。

唯獨這個時候，孫晨曜會出奇的安靜，隻字不言。

相較於孫晨曜規律的步伐，我感覺自己的心跳失去原有的頻率，逐漸加快。

彷彿心底有一塊情緒，開始產生變化……

***

那一晚，是孫晨曜沿路揹著我走回家的。

期間，我跟他說我可以打電話給家裡，託人載我，然而這個提議卻被他給一口回絕，說是過於麻煩。不得已，我只好硬著頭皮，繼續讓他揹著我走。

即便相隔一件衣服，但孫晨曜的體溫，依舊從背傳到我的臉上。

看著他的後頸不斷滲出的汗水，我不由感到愧疚，總覺得自己又給孫晨曜惹事了。

「……孫晨曜。」

他沒有應聲。

「謝謝你。」望著他的後腦勺，我由衷地道謝。

我感覺到他的身體微微一僵，很快的又恢復成原樣，「有什麼好謝的。」

還是那句話。

先前在操場的時候，孫晨曜也是這麼回我。

對此，我不禁揚起唇角，一股感動充盈胸口。

「明天的縣賽怎麼辦？」沉寂片刻，孫晨曜忽然問：「妳的腳傷成這樣，別跟我說妳還想跑。」

他的語氣挾著不容違抗的壓迫，我低下頭，像是個做錯事的孩子般，不敢違逆。

「……知道啦。」我下意識地抓起他的衣服，「但我還是想去比賽現場。」

「去現場幹麼？看心酸的？」他回首瞪了我一眼，「傷患就給我留在家好好休養，沒事亂跑做什麼。」

「還是想幫大家加油啊。」我無辜地回，右手這時收攏，緊握成拳，「……而且我跟河俊學長約好了。」

他的腳步明顯一滯。

「妳說告白的事？」

「……嗯。」將臉埋進孫晨曜的背裡，我呢喃：「我會不會太固執了點？」

我以為他會說是，但孫晨曜的答案卻出乎我意料之外，「既然是決定好的事，那就去執行吧。」

我詫異地倒抽口了氣，半開玩笑地問：「孫晨曜，你怎麼突然變得這麼好？是因為我受傷了嗎？」

「妳要是有力氣再問這些蠢問題，我就把妳丟下去。」

我感覺孫晨曜的手微鬆，嚇得我連忙道歉。

晚風徐徐吹來，有點涼，我不自覺抖了一下身體。

大概是注意到我的異樣，孫晨曜停下腳步，問：「會冷？」

「有一點。」

「妳的外套呢？」

「……想說應該還好，就沒帶了。」我說得戰戰兢兢。

果不其然，下一秒立刻換來孫晨曜的訓斥，「蘇瑾，妳是小孩子嗎？為什麼連自己的身體都照顧不好？還要讓人來替妳擔心。」

聽到關鍵字，我睜亮眼眸，雙手抵在他的肩膀，向前一探，「你終於承認你擔心了？」

之前還嘴硬，騙子。

「妳信不信我把妳扔下？」他的語氣極其危險，我只好趕緊閉上嘴，假裝沒事。

孫晨曜這時拉開他的書包，從裡頭拿出學校外套，然後向後一丟。

我急忙接住，並披在肩上。

「明天我陪妳去。」他的聲音再度傳來。

「陪我去現場嗎？」我微怔，不解地問：「為什麼？」

「妳一個人怎麼去？」

我想了想，深覺有理，「也是。」

「還有，今天動手的那個女生──」他回頭看向我，瞇起眼，「我要知道她的名字。」

我倏地一愣，不明所以，「你要幹麼？」

「我要幹麼不重要。」他冷聲：「名字。」

「你先跟我說你要她的名字做什麼。」察覺到孫晨曜話裡蘊含的危險氣息，我有些不安。

對於我的疑問，他沒有答聲，僅是默默地往前走。

面對他的靜默，我深感焦慮，想追問，卻又不敢開口。

後來孫晨曜將我送回家後，坐在客廳正在看電視的媽發出驚呼，質問我的腳是怎麼回事。
為了不讓她太過擔心，我只好回以一抹淺笑，示意不要緊。
而孫晨曜大概明白我的用意，亦跟著緘默，沒有多言。
「蘇瑾。」臨走前，孫晨曜忽然喊住我，讓原來準備關門的我停下動作。
他的表情和平時完全不同，簡直判若兩人。
他的目光緊鎖著我的眼眸，定格。
「除了我——」他一字一字，說得極其緩慢且認真，「沒有人可以欺負妳。」
說完，孫晨曜頭也不回地離開。
留下我愣然地佇立在原地。

＊＊＊

由於行動不便的緣故，隔天縣賽，待我跟孫晨曜到現場時，已是正午。
而我的手機昨天被白羽歆這麼一摔，出了問題，尚不能使用。
好不容易找到田徑社的休息區，在孫晨曜的攙扶下，我一拐一拐地走上前。
對於我的出現，眾人個個露出震驚的神情，無數的疑惑蜂擁而至。
「蘇瑾，妳去哪了？手機也沒接。」一位學長神色焦急地問。
「妳的腳怎麼了？」子揚學長視線落在我的腳踝上，困惑地問：「是不是出事了？」
「我沒事。」擠出一抹淺笑，我忍不住問：「比賽呢？比賽還好嗎？」
「有兩個在首輪賽就被淘汰了，另一個則是在準決賽飲敗，目前進入決賽的剩下我跟河俊。」子揚學長一一敘述。

聽到這個結果，我既替兩位進入決賽的學長感到開心，同時亦替沒能進入最終決賽的其他人感到惋惜。

「如果妳能出賽就好了。」子揚學長嘆了口氣，語氣盡是遺憾，「可惜現在也來不及登錄。」

搖搖頭，我無奈地笑著，「事已至此，就別提了吧。」

說不難過是騙人的，看著現場鼓譟的氣氛，想起昨日在操場上躍躍欲試的自己，我不禁有些失落。

縱然可惜，但現在說再多，終究無法扭轉事實。

——現實就是，我不能出席比賽。

思及此，我的心頓時一沉，宛如有塊巨石，壓得我快要窒息。

一旁的孫晨曜忽然拉起我的手臂，我驚訝地望向他，只見他一臉不悅。

「妳該休息了。」

「咦？可是比賽……」

「決賽還沒開始不是嗎？」他眉頭深鎖，接著望向子揚學長，「這附近有醫療站吧？我帶蘇瑾去換藥。」

「有是有，在會場中心那邊。」子揚學長伸手指了一個方向，隨後狐疑地問：「不過你是？」

「蘇瑾的青梅竹馬。」扔下這句，不等我說好，孫晨曜便強行扶我離開。

不曉得是不是我的錯覺，總覺得孫晨曜回答子揚學長的表情，相當不耐煩。

在醫療站重新包紮好傷口後，孫晨曜跟我沒有直接返回田徑隊的休息區，而是在鄰近的樹蔭下休息。

嚴格說起來，是孫晨曜單方面這麼要求。

還說如果我不答應，他就要強行把我帶回家。

「孫晨曜。」我悄悄覷了他一眼，小心翼翼地問：「你是不是不喜歡子揚學長？」

「誰？」他皺起眉頭，模樣不解。

面對他的反應，我亦跟著皺起眉頭，深感疑惑，「就是剛才你問附近有沒有醫療站的那個學長啊，我看你對他的態度好像有點不耐煩，想說你是不是討厭他。」

「我沒事去討厭一個不認識的人做什麼？」他聳肩。

「我也覺得奇怪，所以才想問你。」

孫晨曜沒有說話，神色卻明顯一愣，接著露出恍然大悟的表情。

「不跟我說？」我試探地問。

他先是斜睨我一眼，然後別開頭，默不吭聲。

「孫晨曜，你很小氣。」

「哪天心情好再告訴妳。」

「你現在心情不好嗎？」我反問。

他盯著我，嘴角微勾，一字一字緩緩地說：「嗯，非常不好。」

才怪，我在心裡暗暗反駁。

見他沒有說的打算，我亦不好再追問，深怕一問，孫晨曜又要不高興了，要是他生起氣，硬是把我拉回家，那我大概連決賽都看不著了。

後來，我跟孫晨曜又坐了一會兒，這才慢慢走回休息區。

當我再次回到休息區，還沒走到，遠遠便見教練跟河俊學長彼此對望，兩人神情嚴肅，像是在對質。

而一旁的學長和跟我同屆的男生，則是面面相覷，氣氛似乎相當尷尬。

下一秒，我注意到站在河俊學長旁的語霏學姊張口，不曉得說了些什麼，半晌，教練愀然的臉緩和許多。

他輕拍著河俊學長的肩膀，像是勉勵，之後學長便動身離開，前往檢錄。

「怎麼了？」我一頭霧水地走上前，詢問其中一個同屆的男生，想了解情況。

「蘇瑾，妳可終於回來了！」他滿臉漲紅，語調略顯激昂，「妳不知道，剛剛出大事了！」

「出大事？」我滿腹狐疑，「什麼意思？」

「社長的腳受傷了。」他愁雲慘澹，眼底盡是擔憂，「原本教練不准他出賽，但社長卻十分堅持，說是最後一年，無論如何都不希望留下遺憾。原想讓語霏學姊也跟著勸勸學長，沒想到學姊竟然表示支持。」

他嘆了口氣，接著說道：「教練大概也很清楚，自己是攔不住社長，最後還是同意讓他出賽了。」

聞言，我倏地怔住，久久不語。

受傷了？

河俊學長的腳受傷了？

我轉頭朝方才學長離開的方向望去，不敢置信。

「為什麼？好好的，怎麼會平白無故傷到腳？」我不解地質問。

「聽說是中場休息時，社長為了轉換心情，到體育館周圍繞繞。」他娓娓道來，說得無奈，「剛好遇上正在掛旗子的工作人員，似乎是因為操作失誤，導致鐵梯傾倒，而社長一時閃避不及，就這麼砸中了腳。」

我倒抽了口氣，心底一陣發涼。

「傷勢呢？嚴不嚴重？」

「是還能跑，但有輕微扭傷。」他眼眸黯淡，映著幾分惋惜，「社長自己也很清楚，冠軍是不可能了。」

緊咬下唇，我感覺鼻頭泛起絲絲酸楚。

我不是不能理解學長的心情，無法出賽的痛跟遺憾，我比誰都懂。

只是看到學長那麼堅持站上跑道，讓人不禁替他感到心疼。

以學長的個性，必定是全力以赴。

而負傷比賽的那隻腳，在跑的過程，以及跑完之後，會變成什麼模樣，我不敢去想，也不願去想。

隨著司儀的聲音響起，田徑社眾人紛紛移動步伐，來到決賽現場。

河俊學長站在起跑線，雖然面無表情，但我注意到他的上衣有一小部分顏色較深。

時節已進入深秋，這汗量顯然不正常。

即使如此，此刻的我，也只能在場邊默默替學長祈禱。

不求得名，只盼學長能跑出不留遺憾的結果就行了。

裁判這時發出預備聲，選手們弓起身子，做出預備姿勢。

原先吵雜的現場瞬間寂靜下來，一股緊張的氛圍充斥著周遭。

「砰——」槍響的那刻，選手們個個宛如子彈般，向前衝刺。

縱然不是很明顯，但我依舊捕捉到，學長的重心在起跑的剎那稍微偏移了些，失去原來的平衡。

雖然他以最快的速度，及時調整了姿勢，但終究還是慢了其他人一點。

——真的就只有那麼一點。

與我恰好相反，河俊學長的優勢正是起跑，然而在決賽無法有效發揮這項長處的他，自然無法跑出最佳成績。

一眨眼，所有選手已跑到中間，幾乎呈一直線地往終點跑去。

看似不分軒輊，實際上卻存在著微小的差距。

相較於其他選手，河俊學長稍顯落後。

「戴河俊，加油啊！」

即將抵達終點的瞬間，我聽見身旁的語霏學姊忽然大喊一聲，不曉得是不是湊巧，學長的跑速突然加快了些，一舉追上其他四名選手。

他面目猙獰，幾乎是咬緊牙根在奔跑。

我看得出來，學長是不計後果的用盡全力衝刺，顧不得明年的全中運。

越過終線的那瞬，我的視線不自覺朝語霏學姊身上移去。

是什麼原因讓學長甘願拚命至此，我彷彿能隱約猜到。

絕對不單單只是因為最後一年，一定還有其他因素。

垂下眼，我笑得苦澀，卻不再像先前那般沉痛。

經歷這麼多次，再疼、再痛，也該麻痺了。

抬起眸，目光望向不遠處的學長，我揚起唇角。

我似乎也差不多該面對這項現實了。

比賽結束後不久，司儀很快的宣布了結果。

在帶傷出賽的情況下，儘管沒能得到冠軍，但河俊學長依舊爭氣地摘下了殿軍。

對此，不僅田徑社全員，就連教練亦感到欣慰，此起彼落的歡呼聲不絕於耳。

當眾人紛紛湧向河俊學長，致上祝賀時，我依然停留在原地，沒有動作。

一旁的孫晨曜幾度拉了拉我的手臂，反覆詢問：「不去嗎？」

看著站在學長身邊的語霏學姊，我搖搖頭，並露出一抹淺笑。

「不用了。」

——有比我更適合的人在那了。

後面那句話我沒有說出口，僅是埋在心裡。

孫晨曜已經替我承擔太多的事，我不想再把他牽扯進來。

剩下的，就由我獨自收尾。

轉過身，背對著學長，我點開和他的視窗，傳了條訊息。

收起手機，我面帶微笑地望向孫晨曜，輕聲道：「晚點送我去個地方吧。」

＊＊＊

日落西沉，晚霞猶如水彩般，灑向天邊，增添幾抹艷麗。

幾隻秋燕結伴而行，朝天空的另一端悠悠飛去，不知歸向何處。
坐在跑道旁的樹蔭下，我漫無目的地望向遠方，看得有些出神。
四周一片空蕩，寂靜的氣息瀰漫而開，耳邊時而傳來晚風輕刮落葉的沙沙聲。
縣賽結束後的會場，顯得格外冷清。
兩小時前，這個地方還人滿為患，擠得水洩不通。
兩小時後，彷彿洪水消散般，空無一人。
如此強烈的對比，令人不禁唏噓。
「抱歉，等很久了嗎？」忽然，一道熟悉的嗓音將我的思緒拉回現實。
回眸一望，那抹曾經占據我大半心思的身影毫無預警地闖進我的視線。
隨著那人的腳步愈是逼近，我感覺心臟跳動得愈是厲害。
一股緊張的情緒自心底油然升起，竄遍全身，使我不自覺捏了下衣角。
來自胸口的喧鬧，好大、好吵。
好似被人刻意放大般，震耳欲聾。
「沒事，學長不必道歉。」我牽起嘴角，「在這兒吹吹風也好。」
晚風挾著幾分薄寒，正好可以消卻我的焦躁和不安。
「對了，還沒跟學長親口道聲恭喜。」方才頒獎典禮時，我沒有出席，僅是用簡訊道賀，「學長果然是田徑社的驕傲。」
相較於我的反應，他倒是不怎麼高興，「沒什麼好恭喜的，不過是第四名。」
我不認同地反駁，「負傷出賽還能拿下殿軍已經很厲害了。」
「不。」他搖搖頭，眼神黯淡，「沒能留意周遭的動靜，身為一個運動員，我確實是不及格。」

學長自責的神情刺痛了我雙眼，抿抿唇，我不捨地望向他，心底泛起幾絲心疼。

「學長，你給自己的要求太過嚴苛了。」

他神色依舊黯然。

「不過，是有原因的吧？」揚起唇角，我笑得苦澀，「學長有多喜歡跑步，我不是不清楚，田徑社所有人也有目共睹，但讓你拚命至此的理由，應該不只是喜歡跑步這麼簡單吧？」

面對我的疑問，學長突然有了動靜。

他微微抬起眸，目光朝我投來，卻沒有應聲。

對上他的視線，我強逼自己微笑，緩慢開口：「——語霏學姊，我猜對了嗎？」

短短兩句話，我卻說得如此艱澀。

每一個字、每一個音，宛如銳利的釘子，毫不留情地往我的心坎刺去。

用力地、筆直地，狠狠刺進最深處。

語落的瞬間，我察覺到學長的眼底閃過一絲震驚。

儘管相當細微，可我仍清楚地捕捉到了。

他緊盯著我，睫毛微微下垂，語氣盡是歉意，「……對不起。」

「學長為什麼要道歉？」

「——蘇瑾，妳喜歡我，對吧？」他的聲音很輕、很淡，卻掩藏不住話裡的悲愁。

我渾身一顫，不敢置信地看著學長。

——原來他知道。

一直以來，學長都曉得我的心意。

我不解地望向他，悲痛地問：「既然學長知道，為什麼不直接拒絕我？」

他沒有說話，目光緊鎖著我。

半晌，他笑了，笑得無奈，「我說過，每次看著妳，我就好像看到我自己。」

我微怔。

「所以我很清楚，即便我拒絕了妳，妳也不會輕易放棄。」學長神色痛苦，彷彿身歷其中，「這種事，是旁人怎麼勸也勸不來的，唯有妳自己想通，才有辦法徹底脫離。」

我一陣愕然。

什麼意思？

學長的話，究竟是什麼意思？

難道說……

皺起眉，我錯愕地看著學長，用著不確定的口吻問：「……學長……是這樣單戀學姊的嗎？」

他沒有回答，卻加深了笑容。

而那抹笑容，帶著深沉的痛楚和悲戚。

我感覺心臟用力縮緊，然後逐漸發涼，像是在淌血。

「為什麼要這麼傻？」

對上我的眼，學長苦笑，「妳不也是嗎？」

「要傻，我一個人傻就夠了。」

腦海驀地浮現昨天學長在操場對我說過的話。

我愣了愣，隨後抓緊衣角，鼻頭一酸。

我知道，學長是為了我好。

這樣的喜歡，太過卑微、太過辛酸，學長是不希望我步上他的後塵，才會這麼說。身為過來人，這條路有多崎嶇，他比任何人都要來得清楚。

「雖然現在這個時間點好像不太適合。」學長的話透著幾分猶豫，片刻，他抬起頭，映入眼簾的，是一張下定決心的臉，「但我還是想告訴妳，我跟紀語霏交往了。」

我倏地一怔。

「蘇瑾，我不值得妳對我好。」晚風徐徐，送來他的聲音，「真的不值得。」最後那句，他幾乎是加重了音，字字強調。

搖搖頭，我感覺眼眶逐漸濕熱起來。

「對不起，蘇瑾。」

我依舊搖頭，而且愈搖愈用力。

矛盾的情緒充斥我的胸口，壓得我快要喘不過氣來。

「不要道歉……」我語帶哭腔，「喜歡上學長，是我自己的決定，跟學長無關……」伸出手，我抵在他的胸膛上，眼淚不停落下，「所以，不要道歉……」

情緒彷彿一座即將崩塌的橋，隨著河俊學長一句句對不起，漸漸瓦解。

片刻，從頭頂傳來的溫熱，使我先是一愣，淚水頓時潰堤。

隱藏在心底猶如洪水般的情感，在這一刻，終於找到了出口，傾瀉而出。

之後有很長的一段時間，學長都沒有開口，只是安靜地坐在旁邊，默默陪伴著我。

沉默在兩人之間橫亙而開，空氣一片寂然，僅有微弱的抽噎聲迴盪於四周。

學長掌心的溫度，從頭頂上一點一滴傳來，彷彿一道暖流，流進心底最深處的角落。

自始至終，他的手未曾移開過。

後來，我跟學長坐在跑道旁，聊了許多事。

聊著他跟語霏學姊相識的過程，聊著我是如何知曉學長。

聽完學長的敘述，我不禁好奇，「學長是喜歡上語霏學姊哪一點呢？」

大概是沒料到我會這麼問，他先是一愣，隨後陷入沉思，「……哪一點嗎？」

學長的眉頭這時微微蹙緊，思索半晌，他抬起頭，視線望向遠方，並揚起唇角。

「老實說，我也不曉得自己為什麼會喜歡上紀語霏，或許是因為她是以『朋友』的身分接近我，不同於以往的女生，讓我能夠安心地和她相處。」學長輕輕一笑，「隨著時間的流逝，漸漸的我開始習慣了她的存在，彷彿雨水滲進泥土般，一點一滴滲入我的生活，等我發現的時候，目光就已經停在她身上，再也移不開了。」

學長的眼神盛滿了溫柔，然後呢喃：「她沒有哪一點讓我特別著迷，應該說，她的每個樣子我都喜歡。」

聞言，我一怔。

我知道學長喜歡學姊，可我卻沒想到，他對學姊的感情用得這麼深……

之後，我們互相分享對方不知情的一面，好讓彼此可以更加瞭解。

同時我也意識到，學長對感情的態度，是如此的堅定與執著。

「對了。」他的視線這時落在我的腳上，使我一陣心驚，「妳受傷的事，我聽子揚說了。」

期間，我跟學長看似無所不談，實際上卻極力避開關於腳的事情。

然而，終究還是讓他提起了這件事。

我急忙擠出一絲笑容，隨意找了個藉口，「早知道就聽學長的話，早點回家休息了，也不至於練到腳受傷。」

我摸頭乾笑，說得煞尤其事，但學長的眼神卻透露著不相信。

他仔細地端詳著我，半晌，緩緩張口：「是為了不讓我內疚嗎？」

我身體微僵，愣然地望向他。

「蘇瑾，我說過，我不值得妳為我好。」他苦笑了笑，語氣盡是滿滿的無奈。

我啞口無言，話像是梗在喉嚨般，發不出聲。

「是白羽歆，對嗎？」他神色黯淡，眼底映著愧疚，「對不起，因為我，讓妳遭遇這種事。」

「學長……是怎麼知道的？」我渾然不解。

「表情。」他淡然解釋，「從剛才開始，只要我的視線稍微瞥到妳的腳，妳就相當緊張，如果真的是妳自己弄傷的，我不認為妳會露出這種表情，很顯然的，妳是不想讓我發現，且字裡行間妳都刻意迴避受傷的話題。」

學長無力地垂下肩膀，「先前是語霏，如今是妳，兩次我都沒能保護好，對不起。」

「這不是你的錯。」我搖搖頭，安慰道：「白羽歆若決定這麼做，即便學長插手，她也會另尋其他方式加以報復。」

「至少妳還能出賽。」他神色痛苦，「明明妳這麼期待縣賽，卻因為我……」

打斷學長尚未說完的話，我露出一抹淺笑，「沒事的，雖然可惜，但沒了縣賽，還有全中運；沒了全中運，我還有明年的縣賽。」

我愈說愈激昂，全身的血液彷彿隨著這份情緒逐漸沸騰，「我不會就此倒下，更不會從此一蹶不振，我要讓白羽歆明白，即使傷了我的腳，也無法改變我的決定——我還是會繼續待在田徑社，繼續跟學長一起跑步。」

語落的剎那，我注意到學長的目光停在我身上，定格住。

他靜靜凝視著我，一發不語。

良久，他莞爾，眼底映著幾分欽佩，「蘇瑾，妳很堅強。」

「與其說堅強，不如說好強。」我輕哂，「我只是不甘屈服於白羽歆那種人。」

他沒有說話，依然笑著。

接著，我跟學長又聊了一陣子，直到夕陽消失在地平線後，他這才起身。

「蘇瑾，要送妳回去嗎？」

我搖頭婉拒，「不用了，我朋友會來接我。」

「妳的青梅竹馬嗎？」

「嗯。」

學長的神情這時若有所思，我不禁覺得疑惑，卻沒有多問。

「語霏學姊在等你吧？」我笑盈盈地輕推學長一把，「趕快去吧，我不要緊的。」

但他沒有動作，而是佇立在原地，緊盯著我。

學長認真的眼眸使我不由一愣。

「雖然由我來說或許有點奇怪，但是蘇瑾——」深吸了口氣，他的聲音是前所未有的溫柔，「妳一定要幸福。」

我怔怔地看著學長。

「我說的幸福，並不單指感情上的幸福，無論是跑步、生活上的樂趣，只要是能讓妳感到快樂的，都好。」他低喃，「妳適合活在陽光下，蘇瑾。」
聞言，我的鼻頭忍不住酸楚起來。
好不容易止住的情緒，再度掀起了波瀾。
「能喜歡上學長，真的是太好了……」含著淚，我由衷地笑著，「真的。」
他低笑不語，最後輕輕摸了我的頭，然後轉身離開。
臨走前，他輕笑著回了句：「謝謝妳。」
望著學長逐漸遠去的背影，我的眼淚再也控制不住地流了下來。
此時此刻，我無比慶幸，自己喜歡上的是學長。
能喜歡上一個這麼善良的人，真的是太好了。
夜幕低垂，黑暗籠罩整片天空，場邊的燈一盞接著一盞亮了起來。
一道長長的黑影忽然出現在地面，我愣愣地抬眸，孫晨曜的臉龐冷不防映入眼底。
「……孫晨曜？」吸了吸鼻子，我驚訝地問：「你怎麼來了？」
原本跟孫晨曜約好，等我打電話給他，他再來接我。
然而從學長離開後到現在，我的手機一直安穩地躺在我的口袋裡，不曾拿出來過。
對於他的出現，我不禁感到詫異。
「天色這麼晚，我們也該走了。」他淡淡地回。
「可是……這時間也未免太剛好了？」說到這裡，我的腦袋倏地閃過一絲可能，我先是錯愕，隨後震驚地望向他，「該不會……你從頭到尾都在附近吧？」
他聳聳肩，「放心，我一個字都沒聽見。」
雖然沒有正面承認，但他亦沒有反駁。

孫晨曜確實一直在附近，靜靜地等我跟河俊學長對話結束。

「……為什麼？」我不解，「你大可以先去做自己的事，再來接我，用不著在這裡乾等啊。」

孫晨曜先是盯著我，目光深鎖。

良久，他別開眼，眺望遠方，「因為我知道妳又會偷哭。」

我木然。

「走吧，蘇瑾。」他伸出手，「該回家了。」

我怔怔地望著孫晨曜的掌心，心裡瞬間湧現無數的激動。

宛如海浪撞上岩石，激起白色浪花，躁動不已。

覆上他的手掌，我吃力地站起身，在孫晨曜的攙扶下，一步步緩慢地朝會場出口走去。

不曉得是不是先前把眼淚一併流光了，總覺得現在的我，不如想像中來得悲傷。

又或許……有其他原因。

悄悄覷了孫晨曜的一眼，我咬緊牙，奮力地向前走。

手臂傳來的溫暖，使我的心盪起一絲異樣的情感。

＊＊＊

縣賽結束後，日子回歸平常。

由於我的腳傷尚未康復，不得已，田徑社的練習只好暫停。

而這段期間，在孫晨曜的陪伴下，我亦積極地接受治療，定期回醫院復健，為的就是能盡快回到田徑社跟大家一起練習。

對此，河俊學長似乎相當愧疚，他始終認為是自己的錯。若不是他，白羽歆不會盯上我，也不會因此失去出賽的機會。

雖然我幾度安慰學長，這錯並不能歸咎於他，然而學長卻聽不進去，依舊堅持是自己的問題。

至於河俊學長跟語霏學姊交往的消息，很快的便傳遍整座校園，而這件事在田徑社亦鬧得沸沸揚揚。

儘管如此，每位社員的表情都顯得都不是太意外，好似早有預料。

語霏學姊不由感到疑惑，「你們好像都很鎮定耶？」

「大家都知道學長對學姊特別好，我們本來就覺得你們遲早會交往。」跟我同屆的其中一位男生聳聳肩，語氣是那麼的理所當然。

那一刻，我從語霏學姊的眼裡見到一絲驚訝，腦海倏地浮現縣賽那日跟學長的對話。

「……學長……是這樣單戀學姊的嗎？」

想起當時學長無奈苦笑的模樣，我的心不禁泛起些許苦澀。

原來我們都一樣，一樣的傻。

在背後默默地喜歡一個人，默默地付出。

不同的是，學長明白我的心意，但語霏學姊卻是全然不知。

想必這段單戀的過程中，學長承受了不少痛楚……

思及此，我嘆了口氣，隨著放學鐘聲響起，跟著闔上課本。

「走吧，蘇瑾。」孫晨曜走到我面前，用手指敲著我的桌面道。

我頷首，隨後跟一旁的詩潔道了聲再見，便站起身。
「很甜蜜喔。」臨走前，詩潔對我眨眨眼，笑得曖昧。
我拎起書包，「亂講話。」
「居然沒有翻我白眼？」詩潔突然驚呼。
聽到她的疑問，我不由一愣。
換作以往，我絕對是不假思索地回她一記白眼，可這次，我並沒有這麼做。
如果不是詩潔提起，我還真沒察覺。
我一時語塞，半晌，這才胡亂找了藉口搪塞，「偶爾也要讓眼球休息一下，不行嗎？」
「是、是，當然可以。」她依舊笑著，卻笑得格外雀躍。
我沒理會她，而是跟著孫晨曜走出教室。
停練的這陣子，放學後我都會跟孫晨曜直接回家，偶爾會留下來看看田徑社練得如何。
「蘇瑾，妳聖誕節有沒有空？」走出校門時，走在旁邊的孫晨曜忽然問。
「怎麼了？」
「班上的人好像想辦聖誕活動，昨天沈湘君跑來問我，我想說邀妳一塊參加。」
沈湘君是我們班的副班長，也就是上次游泳課找詩潔聊天的女生。
聞言，我不禁皺起眉，連忙拒絕，「她找的人是你，我去做什麼？」
當電燈泡嗎？這種事我才不幹。
「反正是班上的活動，人愈多不是愈好嗎？」他聳肩。
抿抿唇，我欲言又止地望著孫晨曜，無法反駁。
我能理解他的意思，但假如我真的就這麼答應了孫晨曜，去參加他們辦的聖誕活動，豈不是很尷尬？

仔細深想，我仍舊搖頭，「不了，我跟沈湘君又不熟，你去吧。」

「參加後就熟了啊。」

「可是……」

打斷還沒說完的我，孫晨曜逕自替我決定，「不管，等等我就幫妳跟沈湘君說，妳也要去。」

「喂，你不要擅自替別人做主！」

無視我抗議，孫晨曜拿出手機。

既然打從一開始就要我去，又何必問我的意見？

我感到一陣莫名，眼看大局已定，我只好趕緊討援兵，「那、那至少再加一個詩潔！」

至少還有人陪，沒那麼孤單。

孫晨曜盯著我，數秒，這才答應，「好，再算上鄭詩潔。」

雖然有點對不起詩潔，但唯有如此，我才感覺安心些。

孫晨曜停下腳步，我看著他點開沈湘君的視窗，迅速打了幾行字，然後按下送出。

在即將關上螢幕的瞬間，我注意到他跟沈湘君除了最新的對話之外，上方還有先前的紀錄。

見狀，我有些好奇，「你會跟沈湘君聊天？」

「會啊。」

他將手機放回口袋，接著彎起唇角，「怎麼，妳該不會吃醋吧？」

孫晨曜的話，使我一驚，耳根隨之滾燙起來。

縱然我很清楚，這不過是孫晨曜隨口開的玩笑，可我的心仍不自覺一震。

一股連我自己都難以釐清的情緒瞬間湧上心頭，佔據我大半的思緒。

深吸了口氣，我佯裝鎮定，「你要跟誰聊天就跟誰聊天，關我什麼事？」

「既然與妳無關，又為什麼要問我？」孫晨曜向前踏了一步，朝我逼近。

我下意識地退後，別開視線，「好奇問一下，不行嗎？」

見他微微啟唇，似乎是想開口，轉過身，我一面走，一面道：「不要說聊天了，今天就算你跟沈湘君交往我也無所謂，半滴醋都不會吃。」

我得意地昂起下巴，自以為贏得這局勝利，扭頭正想好好調侃孫晨曜一番時，卻發現他沒有走在我旁邊。

他整個人就這麼佇立在方才的位置，沒有移動。

原先掛在嘴角旁的笑意這時沒了，取而代之的，是一張毫無表情的臉龐。

「蘇瑾。」他的聲音不帶絲毫感情，和平時的他判若兩人，「妳這話是認真的嗎？」

面對他的質問，我不敢開口，只能戰戰兢兢地看著他。

怎麼了？難道我說了什麼不該說的話嗎？

咬緊唇，我忐忑地望向孫晨曜，兩人一片靜默。

我們就這麼互相對望，空氣彷彿凝滯般，忘了流動。

「即使我跟沈湘君交往，妳也不痛不癢？」

見我沉默，他走到我面前，目光緊鎖著我，然後定住。

他嚴肅的神情，使我微怔，錯愕無比。

孫晨曜的話宛如一捲錄音帶，不斷在我的腦海裡重複撥放。

我愣愣地望著孫晨曜，久久不語。

不痛不癢？

如果孫晨曜跟沈湘君交往，我真的不痛不癢嗎？

捏緊衣角，我對上他的眼眸，「當然不可能啊。」

聽到我的回答，我發覺孫晨曜瞳孔一縮。

「即便平常你對我再壞、再惡劣，但我們終究是青梅竹馬，如果你真的跟沈湘君交往，我當然不可能毫無反應。」

「……什麼意思？」他壓低聲音，話裡夾雜著幾分顫抖，像是在隱忍一股隨時將會爆發的情緒。

「身為你的朋友，我還是會好好的祝福你，跟你道聲恭喜吧。」

這話我說得真誠，然而孫晨曜的反應卻出乎我意料之外。

語落那刻，我注意到孫晨曜的眼神瞬間黯淡，原先緊繃的臉，忽然垮了下來。

我認為他應該要高興，自己的愛人能得到朋友的支持，不是一件很美好的事嗎？

但孫晨曜種種行為，卻全然顛覆我的預判。

我感到不安，只好微微向前，詢問他的狀況，「孫……」

開口的剎那，孫晨曜再度邁開步伐，掠過我的肩。

他走得很快，頭也不回地扔下一句：「走吧。」

察覺到事情的不對勁，我趕緊跟在他的後頭，緊張地問：「孫晨曜，你生氣了嗎？」

「沒有。」

「騙人。」我不信，「你的表情看起來不像沒有。」

聞言，他的腳步頓時一滯。

僵持許久，最後他緩緩轉頭望向我，「比起生氣，更多的是無奈。」

「……無奈？」我聽得一頭霧水，還想追問，孫晨曜卻逕自往前走，絲毫沒有要等我的意思。

不得已，我只好暫時將這份疑惑埋藏在心底。

今天的孫晨曜，我還是第一次見到。

＊＊＊

得知自己被迫參加聖誕活動的詩潔，先是堅決反對，甚至還打算去找沈湘君取消，但在我的苦苦哀求下，最終她還是同意了。

「沈湘君的反應如何？」

我把事情的經過告訴了詩潔，唯獨漏掉後面孫晨曜生氣的那段。

而詩潔聽完後，則是富饒興趣地拋出這個疑問。

「為什麼這麼問？」我面露不解。

「她應該沒很希望妳去吧？」詩潔竊笑，「要是她真希望妳去，在問孫晨曜的時候就會一併問妳了，再不然也會請孫晨曜幫忙問，可她沒有。」

思忖幾秒，我深覺有理，「也是。」

誰會希望自己喜歡的人跟緋聞對象一起出現？

換作我是沈湘君，大概也不會邀請。

後來詩潔去了趟廁所，留我一個人在座位上煩惱。

想到沈湘君，再想起昨天的孫晨曜，我感覺頭疼。
對於孫晨曜態度突如其來的轉變，我完全摸不著頭緒。
難道我真的說錯了什麼嗎？
我百思不得其解，愈想愈煩躁。
過了不久，詩潔回來了，但模樣有些怪異。
只見她匆匆朝我奔來，並環顧四周，確定附近沒什麼人後，這才附在我耳邊悄聲道：「蘇瑾，出事了！」
我微愣，愕然地問：「什麼事？」
「孫、孫晨曜。」她的語氣充滿焦急和擔憂，說話開始變得結巴，「我剛剛……我剛剛看到孫晨曜跟一個……不、不認識的女生起爭執！」
她上氣不接下氣地說，想來是沿途跑回教室的。
對此，我不禁心生困惑。
不認識的女生？爭執？
就我對孫晨曜的了解，他的個性說好聽是隨和，說直接點就是懶，他不喜歡紛爭，因為互相爭辯過於麻煩，所以凡事他能讓就讓。
也因此，面對詩潔的話，我不由感到震驚。
孫晨曜鮮少讓自己陷於糾紛之中，又怎麼會和一個素不相識的人起爭執？
顧不得距離上課僅剩五分鐘，我隨著詩潔來到學校一個偏僻的角落，而這個地方正好能從女廁的窗戶看出去。
「我剛才在等廁所，想說無聊看一下窗外，結果就發現孫晨曜！」詩潔一面拉著我的手往前跑，一面向我解釋。

眼看就要抵達詩潔說的位置時，原本正在奔馳的雙腳忽然停了下來。

我這麼一滯，跑在前頭的詩潔亦跟著被迫停下。

她回過頭，一臉疑惑地看著我，我的視線則是朝不遠處望去。

我錯愕地盯著前方的兩人，不敢置信。

——是白羽歆。

詩潔口中那個不認識的女生，我怎麼也沒料到竟然會是白羽歆！

此時孫晨曜正揪著白羽歆的衣領，神情陰冷，毫無笑容。

「蘇瑾？」

我先是佇立在原地微愣幾秒，直到詩潔的聲音傳進耳裡，這才猛然回過神，隨即奔上前。

「孫晨曜，你在做什麼？」我惶恐地扯著孫晨曜的衣服。

轉過頭，發現喊的人是我，我從他的眼底捕捉到一絲詫異。

但很快的，那絲詫異便被森冷給覆上。

他的表情冷若冰霜，絲毫沒有半點溫度，和河俊學長平時冷漠的模樣不同——

孫晨曜的冷，是讓人背脊不自覺發寒的冷。

「蘇瑾，這裡不是妳該來的地方。」他冷聲命令道：「回去。」

「你先回答我你在這裡做什麼？」我驚恐地看著孫晨曜，目光順著他的手落到白羽歆的胸前，再往上移，赫然驚覺白羽歆的嘴角噙著一條血絲。

我嚇得連忙鬆手，害怕地後退兩步。

大概是見到我的神情，孫晨曜嘆了口氣，眼神多了幾許溫度，「所以我才讓妳回去。」

一旁的詩潔看傻了，動彈不得，只能怔怔地盯著眼前的景象。

「……為什麼？」斜睨了眼白羽歆的嘴角，我質問：「為什麼這麼做？」

很明顯的，是孫晨曜動的手。

但我不懂，為何他會對白羽歆動粗。

腦袋倏地浮現受傷當天，孫晨曜揹著我走路的場景——

「還有，今天動手的那個女生，我要知道她的名字。」

當時孫晨曜的語氣相當冰冷，跟如今的他如出一轍。

難道說……

「我說過，只有我能欺負妳。」

說完，孫晨曜蹲下，而白羽歆因為他這麼一蹲，整個人被往下一扯。

她狼狽地被迫跟著蹲下，接著孫晨曜將原先空著的右手移到白羽歆的腳踝上，死死握緊。

他臉色一沉，「我更要讓她知道，不能走路是什麼樣的感受。」

語落的那刻，我注意到白羽歆的眼底閃過一絲恐懼。

向來高傲不屈的她，居然也有這樣的一面。

我愣然地望著孫晨曜，他渾身散發暴戾之氣，危險的眼神，令人不由畏懼。

——眼前這個人，不是我所熟悉的孫晨曜。

「孫晨曜，住手！」我慌忙上前，緊緊抓住他的手臂，不斷往後拉扯。

然而他的力氣實在過大，整個人文風不動，寸步不移。

「詩潔，幫我！」不得已，我只好扭頭討援兵。

原本呆站在一旁的詩潔，聽到我的呼喊頓時回過神，跟我一起制止孫晨曜。

「蘇瑾，放手。」他不耐地揮動著手臂，試圖將我們兩人甩開，可惜不太成功。

「不要！」我加重施力的力道，「孫晨曜，我知道你是想替我報仇，但是我不希望你是用這樣的方式來報復白羽歆！」

孫晨曜的眼眸倏地覆上一層陰霾，「對付這種人，就該以暴制暴，妳以為好聲好氣她聽得進去？」

他攢緊握住白羽歆腳踝的手，引來白羽歆的哀號。

「蘇瑾，妳太天真了。」孫晨曜輕笑了聲，下一秒，神情陡然劇變。

只見白羽歆神色痛苦，但依然沒有求饒的打算。

她的眼珠佈滿血絲，咬牙切齒地瞪向孫晨曜。

彼此互相瞪視，誰也不讓誰，局面陷入僵持。

縱然在體格方面孫晨曜擁有絕對優勢，白羽歆雖位居裂方，但氣焰依舊不遜於對方。

對此，我不得不佩服白羽歆的執拗，就連這個時候，她還是不肯認輸。

正當我煩惱著該如何勸阻孫晨曜時，忽然，背後響起踩踏落葉的沙沙聲。

我一驚，隨即回首，然而映入眼簾的人影，卻出乎我意料之外。

原以為會是教官或是路過的學生，不料竟然是河俊學長。

「學長？」我詫異地望著他，感到震驚，「你怎麼會在這？」

「白羽歆傳訊息給我。」他的視線投向狼狽不堪的白羽歆，慢慢解釋：「她說只要來這，就能看清蘇瑾妳的真面目，我以為她又要對妳作出不利的事，所以趕來看看。」

學長的表情盡是冷漠，絲毫沒有半點憐憫，「——沒想到居然會是這種狀況。」

「戴河俊，你看到了吧？看清楚了吧？」從剛才開始就一直沉默的白羽歆，突然聲嘶力竭地朝學長大喊：「這就是蘇瑾的真面目，表面上裝得一副善良無害，暗地裡卻聯合青梅竹馬一起動手！」

她望向我，然後笑了，那抹笑挾著滿滿的輕蔑，「蘇瑾，妳的行為跟我毫無區別，不同的是，妳比我更虛偽，至少我敢在戴河俊面前坦承我做的一切，但妳不一樣，妳還是戴著那張單純無辜的面具，在戴河俊面前演戲！」

「閉嘴！」孫晨曜用力扯起白羽歆的衣領，目光凶狠，「我做的事跟蘇瑾一點關係也沒有！是我看不慣妳在縣賽前一天對蘇瑾出手。」

他的眼神極為冷冽，「妳膽敢再給我亂抹黑，信不信妳的腳再也無法走路？」

面對極具壓迫感的孫晨曜，白羽歆的身體倏地顫抖了一下。

儘管如此，她仍昂起下巴，強裝鎮定。

「白羽歆。」聽到學長出聲，白羽歆隨即回眸，殷切地看向他，「我希望蘇瑾是最後一個受害者，以後別再做這種事了。」

白羽歆臉色一垮，情緒逐漸激動起來，「看到眼前這一切，你還是相信蘇瑾？」

學長毫不猶豫地點頭，「是。」

她一臉不敢置信，憤然瞪了我一眼，「為什麼？如果是紀語霏，也就罷了，因為我知道你喜歡她，但憑什麼連蘇瑾都能得到你的信任？那我呢？你為什麼就是不肯相信我？」

學長沉默。

「憑什麼？到底憑什麼？蘇瑾不過就是個加入田徑社不到半年的學妹！」白羽歆緊咬著牙，眼眶漸漸紅了起來，「而我喜歡你喜歡了四年，為什麼你就是不肯正眼看我！」

最後那句，白羽歆幾乎是失控地大吼。

四年來，不斷被拒絕的挫折和痛苦，在這一刻全數爆發。

宛如衝破堤岸的海水，鋪天蓋地席捲而來。

白羽歆緊咬著唇，神情不甘，在眼角打轉的淚水終究止不住地流下。

這一瞬，我彷彿能深切地感受到白羽歆對河俊學長強烈的情感。

她的愛太濃烈、太執著，在屢屢被拒的情形下，逐漸轉為瘋狂。

白羽歆愈是前進，學長愈是後退，長久之下，她發現自己無法更靠近一步，於是把目標轉移到學長周遭，一旦有任何異性稍微接近，她就會無所不用其極地排除。

——離學長最近的女生，只能是她自己。

面對白羽歆幾近崩潰的告白，學長眼眸微黯，映著幾分無奈。

他靜靜地凝視白羽歆，不發一語。

空氣一片靜默，四周悄然無聲。

良久，學長緩緩開口：「如果可以，我多希望妳別喜歡上我。」

停了幾秒，他再度出聲，改口：「不，應該說，我多希望我沒見過妳。」

白羽歆瞪圓杏眼。

聞言，白羽歆的臉霎時慘白。

原本揪著她衣領的孫晨曜，在學長說完話的同時，便鬆開了手。

他徐徐走到我旁邊，沒有說話，視線卻投向學長。

「我知道蘇瑾的事不是你的錯。」孫晨曜緊盯著他，一字一字說得緩慢：「但我還是很氣你。」

我一愣，隨即扯了他的手臂，「孫晨曜！」

然而，學長沒有生氣，反倒低下頭，一臉歉然，「是我沒保護好蘇瑾。」

面對學長真誠的道歉，孫晨曜沒再多言，僅是別開眼。

「妳沒事吧？蘇瑾。」學長望向我，關心地問：「白羽歆有沒有對妳怎麼樣？」

「我很好，學長還是趕緊回去上課吧。」我搖搖頭，並露出一抹淺笑，要他放心。

「但……」他覷了失魂落魄的白羽歆一眼，神色不安。

明白他的掛慮，我加深了笑意，「沒事，這裡有孫晨曜跟詩潔，別緊張。」

白羽歆終究只是個女生，單憑她，隻身一人是打不過孫晨曜的。

學長頷首，臨走前還不忘回眸確認一下，這才離開。

待學長走遠後，我將目光轉到詩潔身上，重複同樣的話，「妳也是，趕快回去上課吧。」

「可是……妳、孫晨曜……」從詩潔的表情看來，她的內心充滿混亂、緊張和擔心。

我不禁失笑，「幫我們跟老師說，我跟孫晨曜身體不舒服，在保健室躺著。」

她欲言又止地看著我，似乎還想說點什麼，卻被孫晨曜硬生打斷。

「就照蘇瑾說的做吧，妳先走。」

詩潔一臉掙扎，半晌，她嗯了聲，然後跟著轉身。

「妳也是。」詩潔離開後片刻，孫晨曜對著我道：「這裡我一個人就行了。」

「不可以！」我回絕，並抓著孫晨曜的手臂不放，「要走，一起走。」

他斜睨了我一眼。

「這樣就夠了，孫晨曜。」我哀求。

他的目光緊鎖著我，久久不語。

最後，我注意到他握緊的拳頭逐漸攤開，懸在空中的心隨著他的動作鬆懈下來。

「謝謝你，孫晨曜。」我彎起唇角。

他依舊默不吭聲。

一旁的白羽歆，這時慢慢抬起頭，扯動嘴角，牽起一抹冷笑，「真好啊，蘇瑾，沒了戴河俊，妳還有個青梅竹馬喜歡妳。」

聽到白羽歆的話，我驀地一怔，渾身僵住。

原本安分的孫晨曜，忽然向前一步，用著極為陰冷的眼神瞪向白羽歆，「妳閉嘴。」

「怎麼？難道我說了不該說的話嗎？」在看見孫晨曜的反應後，她輕笑了聲，表情像是理解了什麼，「原來是不能道破的祕密啊，孫晨曜，你一定覺得被戴河俊拒絕的我很可憐吧？但你比我還可憐。」

白羽歆笑得猖狂，猶如那天她在榕樹前動手的樣子。

「連自己的感情都要隱藏，實在太可憐了。」她仰頭大笑，孫晨曜用力抓起白羽歆的頭髮，但她沒有停止笑意，反而愈來愈得意。

我呆然地望著眼前的一切，難以置信。

……喜歡？孫晨曜喜歡我？

「這是……真的嗎？」我愣愣地問著孫晨曜，腦袋一片茫然，「白羽歆說的……是真的嗎？」

孫晨曜動作一滯，隨後鬆手，回了句：「不是。」

我一怔，還想張口，卻被他給阻攔。

他轉過身，看也沒看我，「蘇瑾，如果妳還希望我們能維持青梅竹馬的關係，就什麼都別問。」

我愕然地看向他，話就像梗在喉嚨般，半個字也發不出來。

見我沒有回應，孫晨曜回頭瞪了白羽歆一眼，便邁開步伐。

留下滿臉錯愕的我，站在原地。

本就混亂的心，如今更是躁動不已。

恍若掀起翻天巨浪，狠狠地朝我直撲而來。

Chapter 05

那天之後，我跟孫晨曜之間起了變化。

雖然還是會一起上、下學，一起聊天，種種行徑和以往看似並無區別，但我依舊感覺的出來，孫晨曜待我的態度和以前略微不同。

例如他不再隨意接近我，亦盡可能地避免肢體接觸。

換作之前，即便我開口讓他別靠近，他依然故我，逕自往前。

可如今的他，卻出奇地收斂。

這項轉變，對我而言並非不好，但總覺得孫晨曜是在刻意拉開彼此的距離。

兩人的互動，不如往常那般自在。

「真好啊，蘇瑾，沒了戴河俊，妳還有個青梅竹馬喜歡妳。」

「蘇瑾，如果妳還希望我們能維持青梅竹馬的關係，就什麼都別問。」

想起那日白羽歆說過的話，以及孫晨曜的回答，我的心不自覺複雜起來。

至於詩潔，我自知是不可能再隱瞞下去，於是全盤托出。

就連她離開後發生的事，我也一併告訴了她。

在聽完一切後，詩潔露出詫異的表情，瞪圓杏眼。

「天啊，原來妳藏了那麼多祕密，蘇瑾。」她的語氣盡是震驚，但沒有絲毫責怪。

「對不起，我不是有意要瞞著妳。」我一臉歉然。

「我沒有怪妳的意思。」她急忙安慰，「不過，我沒想到孫晨曜是真的喜歡妳。」

抿抿唇，我強調：「其實他沒有承認。」

詩潔則是翻了個白眼，神色無奈，「就算沒有承認，也已經默認了。」

我沒有說話，僅是低頭不語。

「那妳呢？」詩潔仔細審視著我，眼神異常認真，「妳對孫晨曜有任何一絲超出朋友的情感嗎？」

面對詩潔的疑問，我頓時一愣，有好幾秒沒有反應。

腦袋彷彿失靈般，停止轉動。

超出朋友的情感？我對孫晨曜？

我愣然地望著詩潔，想說的話卡在喉嚨裡，像是啞了般，發不出聲。

長久以來，孫晨曜就像現在這樣一直待在我身邊。

我太習慣他的存在，以至於即便周遭的人極力撮合我們，我依舊只覺得是玩笑，不曾深思過這個問題。

我們之間的關係，與其說是戀人，倒更像親人。

「不知道……」我搖頭，無力地回：「我真的不知道……」

每當我遇到困難時，孫晨曜總是默默陪著我一起度過。

但我分辨不清，自己對他的感覺究竟是感動，還是心動？

再說，我才剛走出失戀不久，真的有辦法這麼快對另一個人動心嗎？

思及此，我不禁覺得頭疼。

詩潔見我如此煩惱，亦不再多問，而是讓我獨自冷靜。

＊＊＊

隨著傷勢痊癒，我再度回到了田徑社。

子揚學長見我歸來，高興地直拍我的肩膀，其他社員亦跟著歡呼。

河俊學長則是站在一旁，靜靜地看著我們，沒有加入。

但我注意到他的唇角微微揚起，在察覺到我的視線後，他加深了笑容，露出一抹淺笑。

對此，我不禁莞爾。

「那天我離開之後，都還好嗎？」練習結束後，河俊學長朝我走近，關切地問。

「沒事，學長別太擔心。」我挺起胸膛，模樣得意，「你看，我現在不就好好地站在這裡嗎？」

聞言，學長不由失笑。

閒聊幾句後，他的臉像是想起了什麼，隨後望向我，「對了，我沒想到你的青梅竹馬也在場。」

聽到他的話，我的身體倏地僵住，原本掛在嘴角的笑意瞬間沒了。

我尷尬地笑了笑，回：「不瞞你說，我也是到現場才發現他在。」

學長眉頭這時一緊，表情若有所思。

他的目光停留在我身上，半晌，這才緩緩開口：「跟妳受傷的事有關嗎？」

「嗯，應該是。」我輕輕頷首，「出事那天，孫晨曜曾向我問起主謀的名字，但我沒有透露，因為我怕惹出不必要的是非。」

嘆了口氣，我接著道：「雖然我不曉得孫晨曜是從哪裡得知那人就是白羽歆，可我怎麼也沒料到，他真的會跑去找她算帳。」

依我對孫晨曜的了解，他不是那種個性的人。

他縱然重義氣，也不會如此浮躁，更不會讓自己踏入這蹚渾水。

聽完我的陳述，學長目光柔和，放慢語調，一字一字說著：「——那代表他很在乎妳。」

我渾身一震，不敢置信地望向學長，心跳驟然漏了一拍。

——他很在乎妳。

短短的五個字，看似簡單，卻挾著一定的重量。

不偏不倚，壓在我的心上。

有點沉、有點悶，讓人快要窒息。

「蘇瑾，一個男人不會平白無故對一個女人特別好，如果有，只有兩種可能。」見我安靜，學長輕聲張口，神情嚴肅。

我木然地看著他，沒有出聲，而是等待他接下來的話。

「第一種，是那女人身上有利可圖，他有求於她。」下一秒，學長表情陡然一變，眼底盡是認真，「——另一種，是他很重視對方。」

他低喃，「非常非常重視對方。」

語落的那刻，我感覺自己的心臟猛然抽動了下。

那份潛藏在心底的躁動，此時逐漸湧上水面，掀起陣陣漣漪。

愈演愈烈、愈演愈烈。

好似沒有盡頭般，不斷地延伸下去……

「蘇瑾，有些人錯過就沒了。」

我搖頭，思緒一團混亂，「可是，不久前我才跟學長……」

打斷我尚未說完的話，學長認真回：「沒有人規定失戀應該要多久後才能走出來，可以一天、可以一個月、也可以一年，或長或短，完全取決於個人。」

見我靜默，他接著道：「蘇瑾，我沒有要妳去接受妳的青梅竹馬，但妳可以試著去感受自己真正的心意，想出最好的解決方法。」

我愕然，久久不語。

……真正的心意？

「妳也別太有壓力，我只是希望妳能釐清一些事，才會這麼說。」他的眼神這時轉為柔和，不似方才那般嚴謹，「妳別侷限在有我的圓圈中，我只是妳的過去，但妳還有妳的未來。」

說完，他微微笑了笑，留下一句我先去練習，便轉過身。

望著學長離開的背影，我的心慢慢縮緊。

原先走在黯淡無光世界的我，彷彿有人點起了一盞蠟燭，漸漸亮了起來。

＊＊＊

聖誕節當天，寒氣逼人。

迎面而來的冷風，彷彿滲進骨子般，令人不由發顫。

佇立於餐廳門前，我一面搓著手臂，一面望向招牌，猶豫著該不該壓下門把。

掙扎之際，忽然，一隻手橫放在我面前。

我先是微愣，隨後抬眸，孫晨曜的身影就這麼毫無預警地闖進我的視線。

他狐疑地看向我，「呆站在這裡幹麼？」

「沒有，那個、我……」我困窘地別開眼，不斷搔頭。

原本我跟孫晨曜約好要一起來，然而出發前不久，他突然捎來訊息，說是臨時有事，至於詩潔則是家裡因素會比較晚到，不得已，我只好獨自前來。

但我跟沈湘君那群人又不熟，讓我先進去，不免有些尷尬，所以才會站在店門口，遲遲不敢進去。

「咦？蘇瑾？」一道女聲這時落入我的耳裡。

我詫異地朝孫晨曜身後望去，這才驚覺沈湘君也在。

——他們是一塊來的。

「怎麼了嗎？」她神情疑惑，「為什麼站在這？」

面對沈湘君同樣的疑問，我不禁感到尷尬，正想著該找什麼樣的理由時，孫晨曜卻早我一步開口了。

「妳不知道，這傢伙是個路癡。」他對沈湘君一笑，「大概是在確認自己有沒有走錯餐廳。」

聞言，我先是一怔，接著瞪了孫晨曜一眼。

什麼路癡？我的方向感可是好到不行！

我不悅地張口，正想反駁孫晨曜的話時，沈湘君的聲音再度傳來。

「原來是這樣，沒事的，蘇瑾，妳沒走錯。」她笑著回道。

明明是在跟我對話，可沈湘君的目光卻始終落在孫晨曜身上。

一股莫名的不快自心底油然升起，但我沒有表現出來，僅是跟在他們後頭，一同走進餐廳。

我們訂的位置是一間包廂，脫完鞋，我才剛要走進室內時，裡面一位男生便朝我們大喊。

「主辦人終於來啦？還真是姍姍來遲。」

「抱歉、抱歉，東西太多。」沈湘君歉然一笑。

聽到她的回應，我這才注意到她跟孫晨曜各提一袋雜物。

「其實單純聊天也行啊，用不著帶這麼多桌遊。」他聳聳肩，話鋒一轉，又問：「對了，你們是一起來的嗎？」

原本在後面發呆的我，被那男生一指，這才回過神，意識到他口中的是「你們」，是指我們三個。

或許是這樣的組合有點微妙，畢竟我跟沈湘君不熟，於是引來好奇。

我微微張口，正準備搖頭否認時，沈湘君搶先回答了。

「不是的。」她面帶微笑地解釋：「我們是在店門口遇到蘇瑾的，說來也巧。」

說完，她笑盈盈地朝我晃了眼。

儘管沈湘君陳述的是事實，但我總覺得，她是在刻意提醒我「她是跟孫晨曜一起來」這件事。

雖然不曉得她這麼做的用意為何，可我不想理會，也沒那個力氣去理會。

環顧四周一圈，稱得上熟的大概只有一、兩個，其餘的就只是一般同學。

幸好後來詩潔到了，這才稍微舒緩我緊張的心情。

「聖誕節怎麼能少了交換禮物呢？」聊到一個段落，沈湘君忽然拿出一只籤筒，並讓大家把事先準備好的禮物拿出來。

籤筒裡的籤，是在場每個人的名字，抽到哪個人的籤、就是拿那個人的禮物。

我抽到的是一個女生，詩潔則是方才跟沈湘君交談的那位男生。

輪到沈湘君抽籤，她摸索了一陣子，好不容易才選好。

紙條攤開的剎那，「孫晨曜」斗大的三個字便映入眼簾。

我愣了愣，心底隱約泛起一絲酸楚。

甩甩頭，我試圖不讓自己去在意，視線卻不自覺朝孫晨曜移去。

只見他遞給沈湘君一個大禮盒，裡頭裝著一隻大熊娃娃，模樣極為可愛。

沈湘君一看到娃娃，整個人彷彿融化般，緊緊抱住。

「謝謝你，孫晨曜，我好喜歡這個娃娃。」她心花怒放地笑了，「我一定會好好珍藏。」

「是嗎？」孫晨曜嘴角微揚，「妳喜歡就好。」

一旁的人看了，忍不住起鬨，「喂喂喂，這個粉紅色曖昧的氛圍是怎麼回事？」

「就是啊，不要亂在大家面前放閃。」

此起彼落的調侃聲紛紛而起，沈湘君耳根都紅了，微低著頭直說湊巧罷了。

相較之下，孫晨曜倒沒什麼回應，可懸掛在唇角的笑容依舊沒有褪去。

「沈湘君是不是偷偷做籤啊？」詩潔附上我的耳，悄聲道。

不得不承認，這個猜測曾在我的腦海一閃而過，但我仍相信只是巧合。

「或許沈湘君的運氣就是那麼好吧。」我故作鎮定地聳肩。

「該我了。」孫晨曜這時開口，並伸進籤筒，隨意抽一只籤。

攤平紙條的那刻，他的目光筆直朝我投來。

——蘇瑾。

籤上寫的，是我的名字。

我注意到沈湘君的臉倏地一沉，似乎想說點什麼，卻被孫晨曜給打斷。

「禮物。」他伸出掌心，像極了要糖的小孩。

我趕緊將事先準備好的禮物放到孫晨曜手裡，那是一個玻璃圓球，裡面白雪紛飛，有聖誕老人和幾位小朋友。

雖然這樣禮物和聖誕節相當應景，然而促使我買下的理由，卻是圓球裡的其中一個小朋友。異於其他人，他面向小木屋旁的湖畔，似乎是想往那個方向前進。

模樣像極了在奔跑。

當我的禮物在眾人面前展示出來時，有人驚呼，有人直稱可愛，但也有人說不實用。

「不過這好像很容易碎耶？」沈湘君往孫晨曜靠近，似乎是想伸手去碰觸那顆玻璃圓球，卻被孫晨曜側身一躲。

他緊盯著圓球，嘴角浮現一抹跟剛剛不同的淺笑。

孫晨曜露出理解的表情，低喃了句：「果然是蘇瑾。」

聞言，我驀地怔住，久久不語。

縱然沒有十足的證據，可我總覺得，孫晨曜明白我買這樣禮物的原因。

揑緊衣角，我感覺胸口一緊，從心底湧現而上的悸動混亂了我的思緒。

交換禮物結束後，沈湘君從提袋裡拿出各種桌遊，供眾人挑選。

起初，大家挑了幾款團隊競爭類型的桌遊，玩久了發現有些乏味，於是有人建議追加懲罰，獲勝的隊伍可以命令輸家做任何事。

一開始，場子尚未暖開，內容盡是伏地挺身、跳一段舞、或是屁股寫字。

漸漸的，大家提高了膽子，舉凡搭訕服務生、到隔壁包廂跟異性要Line，諸如此類的懲罰慢慢出現。

後來，最初跟沈湘君說話的那個男生提議改玩個人類型的桌遊，因為分隊人數太多，不夠刺激，乾脆一對一，讓最贏的人指派任務給最輸者。

玩了幾輪，很幸運的我都沒有受到處罰，詩潔倒是輸過一次，但當時的贏家並沒有太為難她，只是讓詩潔現唱一首能夠炒熱氣氛的歌。

「最後一場。」其中一人瞥了眼手機，眼看時間不早，是時候該收尾了。

一直沒有嘗到敗場滋味的孫晨曜，很不湊巧的在最後一局輸了。

最贏的人是另個挑染棕色頭髮的男生，他先是揚起不懷好意的笑容，思索半晌，興奮地開口：「既然都要結束了，那就來點不一樣的吧。」

孫晨曜眉頭一緊，深感不妙，「喂，不准太難。」

棕髮男賊然一笑，用手肘撞了下孫晨曜，「不會啦，你就從在場的女生隨便選一個，公主抱一下，夠簡單吧？」

此話一出，大夥們一陣躁動，鼓掌直說好。

果然還是異性間的互動最能引起眾人的注意。

孫晨曜輕拍了下那男生的頭，「你絕對是故意的。」

「拜託，我已經很好了耶，本來還想讓你親臉頰。」他無辜地摸著被打的地方，神情委屈。

孫晨曜翻了個白眼，環視周遭一圈。

當他與我四目相接的剎那，我感覺自己的呼吸瞬間一滯。

那一刻，時間的流速彷彿慢了下來，四周的吵雜忽然大了些。

喧鬧不已的心跳，恍若雷聲般，震耳欲聾。

猛然跳動的心臟，好似就要衝破胸口，劇烈翻騰。

然而，孫晨曜的目光最終卻是落在坐在隔壁的沈湘君身上，然後停住。

「咦？」她微愣，顯然不敢置信，「我、我嗎？」

「妳離我最近，比較方便。」

「可是，我有點重喔……」沈湘君羞赧地將髮絲勾到耳後，滿臉通紅，像極了一顆熟透的番茄。

「沒事。」孫晨曜聳聳肩，「不相信我嗎？」

「相信。」她點頭如搗蒜，用力地回：「當然相信。」

我眼睜睜地看著孫晨曜以公主抱的姿勢，抱起沈湘君。

現場的掌聲及歡呼聲如雷貫耳，極為熱鬧。

攥緊拳頭，相較於其他人高漲的情緒，我顯得有些安靜。

從心底湧現而上的不快和酸楚，恍若海浪，朝我撲來，幾乎快要將我淹沒。

散場後，孫晨曜讓我先走，我直接點頭說好，便拉著詩潔往公車站的方向前進。

沿途中，大概是察覺到我的不對勁，詩潔頻頻詢問我狀況，卻都被我以其他話題帶過。

後來她也不問了，只是擔憂地望向我，臨走前留下一句：「蘇瑾，妳也別太逞強。」

我木然地望著詩潔離去的背影，佇立在原地，久久沒有反應。

逞強？我在逞強什麼嗎？

占據整顆腦海的，盡是孫晨曜抱起沈湘君的畫面，以及詩潔方才的那句話。

＊＊＊

夜幕低垂。

吃過晚飯，我慵懶地躺在沙發上，乏味地轉著電視台，咒罵著怎麼都沒有好節目時，門鈴忽然響起。

由於一樓只有我，不得已，我只好站起身，緩緩朝玄關走去。

打開門的瞬間，孫晨曜的臉冷不防闖進我的視線。

我霍然怔住，有好幾秒沒有動作。

「妳現在有空嗎？」

聽到他的疑問，我這才驚覺原來他要找的人是我。

「怎麼了？」我感到疑惑。

「給妳。」孫晨曜伸出另一隻藏在身後的手，將一只提袋塞進我的懷裡。

整個提袋的重量，不重也不輕，我還來不及回應，他開口了。

「這是聖誕禮物。」

「啊？」我愕然地眨眨眼，隨後拉開提袋，發現裡面裝著鞋盒，「……這是？」

「新的跑步鞋。」他微微別開眼，似乎是刻意避開我的目光，「想說妳平常那雙已經穿很久，也該換新的了。」

我怔了怔，一時啞然。

望著鞋盒上似曾相識的標誌，我不由一愣，心底頓時湧現一絲錯愕。

難不成……

果不其然，打開鞋盒的剎那，一雙熟悉的跑鞋便映入眼簾。

——是我剛加入田徑社不久，跟孫晨曜去運動用品店看中的那雙跑鞋。

我怎麼也沒料到，孫晨曜居然準備了禮物回送給我。

「……是交換禮物的回禮嗎？」片刻，我緩緩張口，好奇地問。

他一愣，隨後望向我，搖頭，「不是。」

我蹙緊眉頭。

「本來就有這個打算了，只是最近太忙，遲遲抽不出時間。」孫晨曜盯著我手中的提袋，揚起唇角，「於是只好趁著聚餐前去挑，結束後再去拿。」

聞言，我渾身一僵，腦袋彷彿失靈般，停止運轉。

在餐廳門口遇到孫晨曜跟沈湘君時，我還以為他們有約，所以才臨時放我鴿子。

——原來是去挑禮物。

「孫晨曜……」我咬緊唇，胸口一緊，「謝謝你。」

「不用謝。」垂下眼眸，孫晨曜神色一黯，「比起道謝，我更希望妳能答應我一件事。」

我不解地望向他，「什麼事？」

他沒有立刻回答我，眼神卻不斷飄移，表情流露著滿滿的掙扎。

良久，孫晨曜抬首，目光定格在我身上，仔細地凝視著我。

「蘇瑾。」他的聲音很輕，「之前白羽歆的那句話，妳就當作沒聽見吧。」

我一震，驀地啞然。

我知道，孫晨曜口中的那句話，是哪一句話。

「真好啊，蘇瑾，沒了戴河俊，妳還有個青梅竹馬喜歡妳。」

抿抿唇，我不明所以地望向他。

為什麼？為什麼要在這個時候提起這件事？

見我疑惑，孫晨曜嘆了口氣，解釋道：「那天之後，我們兩個都變得不太對勁，相處起來也不像之前那麼自在，關於這點，妳自己也有感覺吧？」

我沒有說話，僅是輕輕頷首。

「照這個情況下去，無論對妳、對我都不是件好事。」他笑了，卻笑得無奈，「所以蘇瑾，我希望妳能忘了白羽歆那句話，從今天開始，我們還是跟以前一樣，是相識多年的青梅竹馬，什麼都沒有變，什麼都沒發生。」

捏緊衣角，我鼻頭一酸，「……真的嗎？」

對上孫晨曜困惑的神情，我語帶沙啞地問：「……真的能說忘就忘？當作什麼都沒有發生嗎？」

他沒有答聲，而是一臉震驚地看著我。

「來不及了，孫晨曜。」不等他的答案，我逕自揪起他的衣領，堅定地回：「很多事都回不到從前了。」

聽完我的話，孫晨曜臉色倏地沉了下來。

他的掌心覆上我的手腕，目光緊鎖著我，「那妳說，我能怎麼辦？」

我依舊不言。

他加重了力道，一字一字緩慢地說，語氣盡是痛苦，「……妳又不喜歡我，我能怎麼辦？」

我怔然地望著他，遲遲沒有回應。

原本浮亂的心，如今更是掀起漫天巨浪。

面對傷心欲絕的孫晨曜，我不敢出聲。

應該說，我不曉得自己該說什麼才好。

「蘇瑾，以後我們的關係就是青梅竹馬。」見我靜默，他再度開口，字字說得用力：「就只是青梅竹馬。」

我微微啟唇，正想張口，卻被孫晨曜硬生打斷。

「妳不用勉強回應我。」他自嘲地笑了笑，眼神隨之黯淡，「我自己的感情，我自己會解決。」

說完，不給我半點回應的機會，孫晨曜迅速轉過身，背對我離開。

街道一旁的路燈，斜照在他的身上，讓孫晨曜散發出的氣息，更顯寂寞。

同時更加孤獨。

＊＊＊

那天之後，我發現孫晨曜總是有意無意迴避著我。

雖然不至於到毫無交集，但我們不再一起上、下學，聊天時也一定會有第三人在場。

只要是有可能單獨相處的情況，孫晨曜都會盡量避免。
曾經那麼熟悉、那麼靠近彼此的兩人，隨著時間的流逝漸行漸遠。
對此，我不由傷感，一縷落寞猶如輕煙般縈繞在我的心頭，揮之不去。
我從來沒想過事情會朝著最壞的方向走，演變至此，我很清楚，自己是最大原因。
是不是那天就該順著孫晨曜的意，答應他忘了白羽歆的話，忘了先前的一切？
是不是裝傻帶過，才是最好的選擇？
可我做不到，我真的做不到。
人的心畢竟不是死的，我無法漠視孫晨曜的感情，更無法當作什麼事都沒發生。
望著孫晨曜的側影，此時的他正和其他同學交談。
將臉埋進手掌心，我痛苦地閉上眼，不曉得該如何是好。
日子一點一滴地向前，不知不覺，如此尷尬的局面已經維持三個多月了。
從冬季走到春季，原先了無生機的大地再度復甦。
春暖花開，遍野的綠葉紅花絢爛奪目，令人目不暇給。
鮮豔的畫面，和我的心情形成強烈的對比。
即便我有心想要改善，卻無力扭轉，這一次，孫晨曜是真的下定決心。
無論我怎麼向他搭話，試圖拉近距離，卻被他屢次拒於心房外。
「蘇瑾，妳還好嗎？」我感覺有人輕輕地點了我的肩膀，便將臉緩緩抽離掌心，發現是詩潔。
「……我沒事。」我勉強擠出一絲笑容，眼神卻不自覺地放空。
詩潔大概是看不下去，也不問我的意見，便直接拉著我的手臂往門外走。

來到樓梯旁的轉角，這裡雖然人來人往，但多數的人不會在意角落的我們在做什麼。或許就是這個原因，才讓詩潔選定這個地方。

「蘇瑾，妳跟孫晨曜還沒和好嗎？」腳步一停，詩潔劈頭就問起這件事。

我微愣，接著垂下眼眸，「嗯，還沒。」

嚴格說起來，其實我們也不算吵架，純粹是孫晨曜單方面疏遠我，而我感到失落罷了。

「妳有試著找他談過嗎？」聽到我的回答，詩潔又問。

我搖頭，「他連單獨跟我說話都不肯了，更別說談。」

詩潔的臉倏地蒙上一層無奈，對於這個情形，她同樣束手無策。

「倒是沈湘君，跟孫晨曜愈走愈近了。」她的語氣明顯流露著不快，「自從聖誕節之後，兩人的互動日益增加，真不知道孫晨曜在想什麼。」

我牽起嘴角，自嘲地笑了笑，「如果他真的喜歡上沈湘君，就能徹底忘了我，不是很好嗎？」

「妳是真心這麼想的嗎？」詩潔瞪圓杏眼，不敢置信地看著我，隨後用力地抓住我的肩膀，「蘇瑾，妳老實告訴我。」

她的神情陡然一變，嚴肅無比。

詩潔先是仔細審視著我的臉，半晌，這才一字一字緩緩開口：「——妳喜歡上孫晨曜了嗎？」

聞言，我的心猛然一震，全身僵住。

原先穩定的呼吸頻率，隨著詩潔這話脫口，頓時一滯，接著加速。

從心頭湧上的情緒，像是一頭猛獸，往我的胸口橫衝直撞。

……我喜歡上孫晨曜了嗎？

我愣然地望著詩潔，久久不語。

換作以往，我絕對是毫不猶豫地否認。

然而現在，我卻遲遲答不出來。

我承認，當孫晨曜疏遠我之後，我發覺自己比想像中還要在意。

但我分辨不出來，這是愛情的表現，還是純粹的不習慣？

見我沉默，詩潔嘆了口氣，不再逼問我。她輕拍著我的背，安撫著我。

回教室的路上，她只勸了我一句：「蘇瑾，妳得誠實地面對妳的心意。」

詩潔的話，恍若一捲錄音帶，盤據我的腦海，不斷地重複。

＊＊＊

假日的午後，客廳瀰漫著一股慵懶的氣息。

躺在沙發上，耳邊盡是電視機主持人的歡笑，以及來自廚房水蒸氣撞擊鍋蓋的滋滋聲。

闔著眼，我感覺自己處於半夢半醒間。

渾身雖然疲憊，但精神卻異常的興奮，一直無法順利入眠。

突然，我聽到門鎖轉動的聲響，我豎起耳朵，仔細聆聽外頭的動靜。

「哎呀，年紀果然大了，不過是比平常多買一點東西，就快提不動了。」媽的聲音從玄關傳來，其中還夾雜著塑膠袋摩擦的沙沙聲。

是媽，剛從超市回來。

我睜開眼，正想起身過去幫忙時，媽再度張口：「幸好有你啊，晨曜，如果沒有你，我還真不曉得該怎麼搬這堆東西回來。」

「沒事，舉手之勞罷了。」熟悉的嗓音冷不防響起，使我渾身一震。

——是孫晨曜。

意識到這項事實，我趕緊閉緊眼，繼續裝睡。

「還是你好，不像我們家蘇瑾，假日只知道睡覺，也不幫我一下。」媽一面朝廚房走去，一面碎念。

「可能是田徑社練習太累了，讓她休息吧。」孫晨曜出乎意料之外地替我說情，「有什麼事我來就好。」

「不用不用，已經夠了。」媽連忙拒絕，「謝謝你啊，晨曜。」

「不會，那我先回去了。」

「好，路上小心。」

接著，我聽見腳步聲走出廚房，朝我逐漸靠近。

在看不到任何畫面的情況下，我不禁有些緊張。

片刻，腳步聲在我面前停了下來，我感覺自己的心跳愈來愈快，最後宛如脫韁野馬般，幾近失速。

忽然，一股軟綿的觸感從上方蓋了下來，傳遍全身。

我愣了愣，呆了幾秒，這才驚覺似乎是棉被。

「睡姿那麼難看，也不遮一下。」

這是孫晨曜一貫的風格，批評從來毫不留情。

我不由憤然，正想反駁，他的聲音再度落下。

「要是感冒了該怎麼辦。」他的語氣充滿無奈，「全中運就要到了，這次可不能再出事。」

語落的那刻，我感覺到孫晨曜輕輕撥弄著我的頭髮，他的動作很輕、很柔，大概是怕吵醒我。

他的話，恍若一粒小石子，在我的心底激起陣陣漣漪。

隨著圓圈向外推開，漣漪愈演愈大、愈演愈大。

內心彷彿有一塊情緒正逐漸崩塌，一股異樣的情緒這時席捲全身。

「蘇瑾，妳得誠實地面對妳的心意。」

這一瞬間，我知道，自己是無法再逃避下去了。

該面對的，終究得誠實面對。

＊＊＊

四月，對全國有在關注體育賽事的國、高中生而言，是個再重要不過的月份，有一項年度盛大比賽即將在這個月舉行。

——那就是全中運。

然而就在全中運前夕，發生了一件超乎我意料之外的事。

——那便是沈湘君入社。

當河俊學長向所有社員介紹沈湘君時，我感覺自己一陣木然，震驚的情緒佔據了整個腦袋，完全無法思考。

為什麼？為什麼沈湘君會加入田徑社？

又為什麼偏偏選在這個時候？

她的行徑，使我不由感到疑惑。

按捺不住內心的好奇，在河俊學長介紹完後，我攔住正準備去換裝的沈湘君，開門見山地問：「妳怎麼會在這？」

彷彿早已預料到我會這麼問，她彎起唇角，反問了句：「為什麼我不能在這？」

「原來妳喜歡跑步？」

雖然我跟沈湘君談不上熟，但身為同班同學，我居然不知道，也沒有耳聞。

「一定要喜歡才能加入田徑社嗎？」沈湘君好笑地看著我，一臉不以為然，「蘇瑾，妳別以為每個人都跟妳一樣，是因為興趣才入社。」

她輕甩了下烏黑秀麗的長髮，然後露出一抹嘲謔的笑容，「沉浸在社團活動這種熱血的事，我可做不來。」

聞言，我一愣，滿滿的困惑頓時從心底油然升起，「既然不是因為喜歡，也不是因為興趣，那妳加入田徑社的理由到底是……」

「——為了一個人。」

「啊？人？」沈湘君的回答讓我更加不解了，「誰？」

她輕笑了幾聲，「答案這麼明顯，妳還猜不到嗎？」

……很明顯？

我皺起眉頭，陷入沉思。

腦袋這時閃過無數的場景，最後停留在一個畫面——那是聖誕節那天，孫晨曜以公主抱姿勢抱起沈湘君的畫面。

思及此，我的胸口忽然一陣悶痛。

將這股不適拋於腦後，我用著不確定的口吻，說出我的猜測，「……孫晨曜？」

而她則加深了笑容，一臉滿意地看著我，「蘇瑾，其實妳也沒有我想像中那麼遲鈍嘛。」

這是褒還貶？我有點聽不懂。

雖然猜中了答案，但我依舊想不出孫晨曜跟沈湘君入社有何關聯。

「難不成其實孫晨曜喜歡跑步？」思來想去，最終我得出這個結論。

沈湘君卻仰頭大笑，隨後望向滿腹疑惑的我。

「我收回剛才那句話。」她笑著搖搖頭，「蘇瑾，妳果然還是那個單細胞生物。」

這話我一聽，立刻不服，「喂，我很認真的在問妳，妳怎麼無故罵起人來？」

是不是跟孫晨曜相處久了，怎麼連沈湘君都變得跟他一樣，講個沒幾句話就要酸一下我。

「算了，原想著讓妳自行領會就好，沒想到妳居然鈍成這樣，我就直說吧。」她向前朝我邁了一步，兩人的距離瞬間縮短，近得幾乎就要貼上我的臉，「妳最近跟孫晨曜處得不太好吧？」

我愕然，隨後不悅地瞪了她一眼，「那又如何？」

雖然我跟孫晨曜近來相處不睦是事實，但從沈湘君的口裡聽到這件事讓我特別的不快。

「我知道孫晨曜現在還放不下妳。」她的嘴角驀地添了幾分得意，「——但也僅止於現在。」

我沒有應聲，而是緊盯著沈湘君，等待她接下來的話。

「孫晨曜正在改變，這點，我非常確定。」

沉默半晌，什麼也無法反駁的我，只能悶悶地問了句：「……妳想表達什麼？」

「既然孫晨曜試著放下對妳的情感，那麼我自然得推他一把。」

「拐了這麼多彎，妳其實是為了妳自己吧？」我不以為然。

面對我的反應，沈湘君先是嘲弄地笑了笑，不疾不徐道：「妳沒有說錯，這其中確實藏有我的私心，但蘇瑾，妳可別搞錯了——」

她洋洋得意地笑著，「——這也是孫晨曜的希望。」

我的身體頓時一僵。

「妳可以說我投機、說我取巧，無論妳怎麼說我都承認，但最重要的是，這同時是孫晨曜期望的結果，我不覺得我做的事有任何不對。」她聳聳肩。

聞言，我的心猛然一震，渾身動彈不得，只能僵硬地望著她。

這些日子以來，孫晨曜的疏離、客套，我不是沒有感受到。

孫晨曜的確在改變。

他想讓我們的關係回到從前，回到那份最純粹的青梅竹馬的關係。

沒有任何的愛情參雜在其中，只有最單純的友情。

沈湘君說得對，這是孫晨曜期盼的結果，即便她是出於私心，就整體而言她確實也是在幫孫晨曜沒錯。

而我，又有什麼資格跟立場，去指責沈湘君？

我什麼都不是，什麼也無法辯駁。

靜默良久，我瞥了沈湘君一眼，淡淡開口：「所以呢？妳想怎麼推孫晨曜一把？」

「很簡單，全中運。」對於我的提問，她似乎非常高興，愉悅地彈了下手指，「我們兩個分勝負，妳贏了，我會放棄孫晨曜，不再干涉你們之間的事。」

「那如果我輸了呢？」

沈湘君揚起唇角，語氣無比認真，甚至帶有幾分挑釁，「那就請妳不要再打擾孫晨曜，直到他徹底放下妳為止。」

我沒有回答，僅是靜靜地望著沈湘君。

她以為我膽怯了，輕挑著眉，「害怕了？」

「不是，只是覺得這場比劃好像對妳比較有利，妳跟孫晨曜如何，好像也不關我的事。」

聞言，沈湘君眉頭先是一緊，隨後笑了，「妳確定？」

我對上她的視線。

「我跟孫晨曜如何，都不關妳的事？」她以質問的口氣重複我的話。

我沒有答聲，卻不自覺地別開了頭。

好像……也不是。

看著孫晨曜跟沈湘君愈靠愈近，我承認，除了不悅之外，我的心還有些許的……嫉妒？

甩甩頭，我讓自己不去多想。

迎上沈湘君的目光，我爽快地答應，「我比。」

說起來，上次體育課測百米的時候，沈湘君似乎因為身體不適沒有測到，雖然後來有補測，但那時候我貌似跟詩潔去打排球了，沒看到補測結果。

不過倒是有點印象，當時跑道旁傳來幾道驚呼，我對他人的事本來就不太感興趣，自然沒去多問。

不曉得沈湘君的跑速究竟如何。

「蘇瑾，雖然我沒有特別喜歡跑步，但我勸妳可別太輕敵。」臨走前，沈湘君露出一抹深不可測的微笑，便轉身去更衣。

而後來的社團練習也證明，沈湘君確實不是在輕言。

她的確有足夠的實力向我挑起比賽。

——十二點三八，這是沈湘君第一次社團練習留下的成績。

在沒有任何田徑背景下，剛入社就能跑出這個成績，令眾人震驚不已，就連教練也忍不住誇讚。

記得當初我剛加入田徑社的時候，秒數也只有十二點五左右。

沈湘君是個不容小覷的對手。

不僅如此，沈湘君進步的速度很快，沒多久便將秒數壓在十二點二五左右，和我不相上下。

我不禁感到氣餒，覺得自己十幾年來築起的信心，隨著沈湘君驚人的進步速度和良好資質逐漸被擊潰。

「怎麼了？瞧妳一副無精打采的樣子。」注意到我的不對勁，一次自主練習結束後，河俊學長走到我身邊，關切地問。

面對學長的關心，換作以往，我大概會是心跳加速、緊張不已的反應。

然而現在，我只感覺無比溫暖。

眼前的河俊學長，彷彿鄰家大哥哥般，溫柔近人。

「也沒什麼……只是有點羨慕沈湘君。」我嘆了口氣，話裡盡是濃濃的失落，「我都不知道，原來自己身邊有個這麼厲害的人，從小到大，我一直對自己的腳程相當有自信，但這份自信，在遇到沈湘君後，開始產生了動搖……」

我垂下眼眸，沮喪地說：「沈湘君才加入短短一個多禮拜，秒數就可以突破十二點三，可我卻是練了好一陣子，才有這個成績，我忍不住懷疑，自己是不是其實沒有跑步的天份，甚至羨慕沈湘君擁有這麼好的資質。」

接著，我將這些日子藏在心裡的憋屈全盤托出。

河俊學長沒有出聲，僅是靜靜地聆聽我訴苦。

良久，當我安靜下來後片刻，大概是確定我已經說完後，學長這才緩緩開口，問了我一句：「妳會害怕沈湘君超越妳嗎？」

我一愣，沒料到他會這麼問。

應該說，我沒有想過這個問題。

沈湘君的實力很好，成績在短時間內大幅提升，幾乎快要追上我，這確實讓我很羨慕。

我曾預想過沈湘君超越我的情況，但害怕嗎？

這個問題，我倒沒仔細想過。

害怕嗎？好像也還好。

河俊學長審視著我的表情，接著莞爾，「看來是沒有。」

我疑惑地望向學長。

「知道我為什麼邀請妳加入田徑社嗎？」他又問。

「我記得學長有說過……」想起當時的場景，我回：「因為眼神？」

「沒錯，妳的眼神透露著熱忱跟態度。」他微微一笑，徐徐道：「正因為妳有這份熱忱，所以妳不畏懼沈湘君的實力，即便哪天她超越妳，我也不認為妳會就此倒下。」

學長這時加深了笑容，「甚至——妳會因為她的超越，更努力精進自己。」

學長的話，宛如雷聲轟頂，響徹了我的世界。

讓內心那個頹靡不濟的我，再次驚醒。

「縱然百米這塊很吃天生資質，不是透過努力就一定能提升自我，但我相信，蘇瑾妳的極限還沒到。」他伸出手，輕摸了摸我的頭，「妳還能突破，還有進步的空間，不要低估了自己。」

我怔怔地看著學長，久久不語。

而他亦不再多言，朝我笑著說了句加油後，便轉身離開。

原先猶如一潼死水般的心，伴隨學長這些話，再度活絡起來。

滿滿的能量彷彿源源不絕的泉水般，流遍全身，使我重拾信心。

＊＊＊

隨著全中運的腳步逐漸逼近，田徑社全體社員無不繃緊神經，抓緊僅存的時間練習，我亦不例外。

對我來說，全中運不僅是個能紓解無法出席縣賽遺憾的活動，更是一場關鍵的賭注。

我在心裡悄然跟自己訂下約定。

一個不容退縮、只管盡力奔跑的約定。

放學鐘響，我注意到孫晨曜背起書包，準備離開教室時，我亦跟著站起身，並悄悄地跟在他身後。

我讓自己跟孫晨曜保持約莫五公尺的距離，中間他一度停下步伐，卻沒有回頭，也不曉得為什麼。

直到接近公車站時，他加快了速度，我亦跑了起來。

忽然，他猛然停住，隨即扭頭，一臉不悅地望向我。

面對他突如其來的轉身，我猝不及防地向後退了兩步，直接被逮個正著。

「妳要跟蹤我到什麼時候？蘇瑾。」

我頓時手足無措，語氣盡是慌張，「不、不是……那個、我……」

孫晨曜沒有說話，僅是盯著我。

望著他的臉，我抿抿唇，「我有話想跟你說。」

他顯然無法理解，「那為什麼剛剛不在教室說？」

「……在教室你才不會聽。」我悶悶道，深覺委屈。

「所以，妳想說什麼？」孫晨曜也不繼續追究了，而是直切正題。

我掙扎地瞅了他一眼，內心彷彿有個天秤，不斷左右擺晃。

最終，我還是決定開口：「全中運那天，你有空嗎？」

他的表情明顯一愣，隨即恢復原來的模樣，「怎麼了？」

對上孫晨曜的視線，我深吸了口氣，「能來看我的比賽嗎？」

「為什麼突然要我去？」他眉頭一緊，百思不得其解。

我靜靜地凝視著他，半晌，一字一字緩慢地說：「——我希望你來。」

語落的那刻，我注意到孫晨曜的身體微微一震。

縱然相當細微，我依舊從他的眼底捕捉到詫異。

大概是沒想過我會提出這種請求，他呆站在原地，動也不動。

良久，他別開眼，看都不看我地回：「我不要。」

「為什麼？」聽聞他的拒絕，心底驀地浮現一絲焦急。

孫晨曜沒有立刻解釋，而是斜睨著我。

沉默在彼此間橫亙而開，形成一股無形的壓力，一點一滴吞噬著我。

恍若有塊巨石，壓在我的心上，壓得我幾乎快要窒息，喘不過氣。

須臾，他彎起唇角，自嘲地笑了笑，「我去幹麼?反正戴河俊在不是嗎？」

我一怔，震驚地望向孫晨曜，怎麼也沒料到他會說出這種話。

「你明明知道我失戀很久……」

打斷我尚未說完的話，孫晨曜滿不在乎道：「那又如何？他還是存在妳心裡不是嗎？」

「孫晨曜！」我有些惱怒了。

「我有說錯嗎？」對於我的憤怒，他非但沒有收斂，反而愈說愈多，「我知道，無論我做再多妳也不會喜歡我，所以我決定收起對妳的感情，好不容易最近才覺得走出一些，可妳卻偏偏選在這個時候讓我去看妳的比賽，理由是因為妳希望我去。」

孫晨曜笑了，笑得淒涼，「蘇瑾，妳一定要這麼殘忍嗎？」

他的話使我不由一愣，久久不語。

那抹懸在孫晨曜嘴角的笑容，參雜著濃濃的酸楚，令人不禁心生憐憫。

原來在不知不覺中，我的逃避，帶給孫晨曜這麼大的傷害。

「對不起，孫晨曜。」

他嘆了口氣，情緒稍稍緩和，「我並不是為了聽到妳的道歉，才跟妳說這些，我只是希望妳別再來攪亂我的心情。」

「對不起。」我依然重複道。

「我說過——」

攥緊拳頭，我直直對上孫晨曜的眼眸，硬生插話，「河俊學長現在在我心裡仍佔有一席之地，我不否認，但有件事我還是想跟你說清楚。」

深吸了口氣，我放慢了語調：「無論你相不相信，這次的全中運，你是我付諸全力的主因。」

他沒有說話，而是怔然地望向我，一臉不敢置信。

「孫晨曜，我是真心希望你能來。」我低喃：「來替我加油。」

不等他的回覆，我逕自邁開步伐，朝反方向離開。

雖然不曉得孫晨曜是否真的會來，但我已經很清楚地將自己的心意傳達給他了。

剩下的，也只能聽天由命。

＊＊＊

全中運當天，天空一片湛藍，驕陽懸在天邊一角。

河俊學長站在我旁邊，一面暖身，一面笑道：「這是蘇瑾第一次參加比賽吧？」

我點頭，「是啊，沒想到第一場比賽就是全中運，還真刺激。」

他忍不住失笑，「緊張嗎？」

「如果我說不緊張絕對是騙人的。」我聳肩。

學長笑得更開心了，「那還迷茫嗎？」

我先是一愣，隨即想起前陣子沈湘君入社後那陣子，感到氣餒的自己，以及和河俊學長訴苦的畫面。

望向學長，我彎起唇角，毫不猶豫地回答：「當然不會。」

聽到我的答案，他加深了笑容，眼神盡是放心。

注意到一旁也在暖身的沈湘君，想起當時的約定，我不自覺攥緊拳頭。

「我們兩個分勝負，妳贏了，我會放棄孫晨曜，不再干涉你們之間的事。」

「那如果我輸了呢？」

「那就請妳不要再打擾孫晨曜，直到他徹底放下妳為止。」

沒事的。

加重了握力，腦袋依舊迴盪著那句話——

沒事的。

我已經在心裡跟自己許下約定，那個只許成功、不許失敗的約定。

這場比賽，不僅是我跟沈湘君之間的勝負，更是我與自己之間的勝負。

但說起來，孫晨曜究竟是如何想的，關於這點，我倒是一點頭緒也沒有。

會不會其實孫晨曜根本不會來？

如此一來，即便我贏得了比賽，那也是徒勞無功。

孫晨曜……

咬緊下唇，我環視四周，尋找那抹熟悉的身影，卻毫無收穫。

意識到我的視線，學長皺起眉頭，好奇地問：「怎麼了嗎？蘇瑾？」

「咦？」

「在找人嗎？」

我怔了怔，隨即收回目光，故作沒事，「不是的，我……」

「是在找你的青梅竹馬嗎？」他微微揚起唇角。

學長的疑問，恍若一道雷擊，直中我的心。

我愕然地望著他，遲遲沒有反應。

見我安靜，學長再度開口，語氣相當溫柔，「不用太擔心，蘇瑾。」

我沒有出聲，僅是木然地看著學長。

「他會來的。」他一字一字用力地強調著：「他一定會來的。」

相較於學長的態度，我倒是沒什麼自信。

垂下眼，我悶悶地回：「……學長為什麼這麼肯定？」

「因為是妳啊。」他低喃：「這麼重要的場合，他不可能不出現。」

我渾身一震，心則是猛然抽動了下。

因為是我，所以孫晨曜才會來嗎？

雖然我的內心比任何人都還要期望他能出現，但說到底，我沒什麼把握。

或許……他真的再也不想見到我了也說不定。

暖身完後，大夥們紛紛聚集在一塊，替彼此互相勉勵。

教練甚至對每個人一一精神喊話，似乎是想藉此提振士氣。

而這段期間，我依舊不見孫晨曜的蹤影，倒是有遇到詩潔，她提著一大袋的運動飲料，來替我以及田徑社其他成員加油。

「有看到孫晨曜嗎？」喝著運動飲料時，詩潔好奇地問著我。

我搖搖頭，示意沒有。

眼看距離預賽檢錄只剩十五分鐘，可孫晨曜依然沒有出現。

我嘆了口氣，正想著他應該不會來了時，忽然，眼角的餘光從不遠處捕捉道一抹熟悉的人影。

我的身體瞬間一僵，瞪圓眼眸，以為自己看錯了。

揉揉眼睛，在確認不是眼花後，我趕緊放下手上的飲料瓶，拔腿朝前方的階梯衝去。

顧不得子揚學長在身後大喊，我加快步伐，緊追著那抹準備轉身的背影。

「等等，孫晨曜！」我快步跑上觀眾席，奮力朝前方吶喊。

原本正要離開的他，聽到我的聲音，腳步一滯，停了下來。

「你是……你是來看我比賽的嗎？」我氣喘吁吁地問，孫晨曜則是緩緩回頭。

「妳可別誤會。」他別開眼，沒有看我，「我之所以來，純粹是不想讓妳有機會嫁禍給我，說沒得獎都是我的錯。」

我立刻反駁，「我才不會！」

「既然妳都看到我來了，可以安心去比賽了吧？」他眉頭一緊，「不是要檢錄了嗎？」

「那你……會待到最後嗎？」抿抿唇，我試探性地問。

大概是沒料到我會這麼問，孫晨曜的表情明顯一愣。

他緩緩抬首，與我四目相接，神情複雜，「妳希望我留下來？」

我毫不猶豫地點頭。

「孫晨曜。」我的目光就這麼停留在他的臉上，定格住，「如果我能順利在決賽拿到前三，能不能好好跟我談一談？」

語落的那刻，我察覺到他的身體微微一震，極為震驚。

攥緊拳頭，我苦笑著，「我不想再逃避下去了。」

全中運前，我曾跟自己許下一個約定，只要我成功在全中運摘下前三名，我就會向孫晨曜坦承自己真正的心情。

對我而言，這是一場只許勝利、不容失敗的勝負。

我已經受夠過去那個懦弱的自己。

＊＊＊

現場氣氛一陣鼓譟，僅僅只是預賽，便吸引大批群眾圍觀。

佇立在起跑線上，我焦躁不安地緊盯遠方的終點。

雖然我給自己訂下的目標是決賽前三，然而實際上，我連預賽是否能通過都是團謎。

相較於其他選手，這是我的第一場比賽，經驗方面，我絕對比不上。

儘管如此，我仍堅信自己能進入決賽

——畢竟我已經沒有退路了。

那場對話，最後是伴隨著大會廣播結束的。

原本孫晨曜都只是安靜地凝視著我，當廣播傳來檢錄通知時，我這才聽到他輕聲回了句「好」。

我很清楚，這是難得的機會，倘若錯過，不曉得下次會是何時了。

「預備——」

耳邊這時響起裁判的聲音，我趕緊將思緒拉回現實，並專注地盯著前方。

下一秒，槍聲響起，我拔腿向前直奔而去。

眼前的景象飛快掠過，不留半絲痕跡。

我感覺自己快速逼近終點，左右的選手亦緊鄰著我，分毫不讓。

通過終點線的瞬間，一旁田徑社的大夥歡呼不斷。

「蘇瑾，跑得太棒了！」子揚學長讚嘆。

「看來進決賽很有望喔！」另一位學長跟著附和。

我笑而不語，僅是屏息地靜待大會宣布結果。

待所有的組別跑完後，很快的，大會便公布了成績。

我在分組比賽中拿下第二，總名次第四，順利進入決賽。

而沈湘君的總名次則是第三，和我一同晉級決賽。

對此，田徑社的大家又驚又喜，他們的情緒比我要來得激動，彷彿跑進決賽的人不是我，而是他們。

至於河俊學長亦成功晉級決賽，不過以他的實力，這個結果眾人顯然不是很意外。

全中運戰況激烈，來自各校的箇中好手，使得最終得以參加決賽的人只有我、沈湘君跟河俊學長。

大家幾乎把所有的希望寄託在我們三人身上，對此，我不由備感壓力，深怕自己會辜負他們的期望。

「恭喜妳，蘇瑾。」預賽結束後，河俊學長面帶微笑朝我道。

我則回以一抹淺笑，「謝謝學長，坦白說，這個成績連我都感到訝異。」

「妳太低估自己了。」他失笑，「妳比妳想像中要來得有實力，蘇瑾。」

我微愣了愣，沒有答話。

「這幾個月以來，妳的努力，我都有看在眼裡。」學長的眼底映著幾分讚許，「其實不只我，就連教練也誇獎過妳是顆原鑽，在接受田徑社訓練的打磨之下，逐漸散發光芒。」

我依舊不語，但心裡盡是滿滿的震撼。

「蘇瑾，妳要對自己更有自信點，我相信妳一定辦得到。」他加深了笑容，然後輕摸著我的頭，目光柔和，「決賽加油。」

從頭頂傳來的溫熱，不再讓人心跳加速。

而是一股難以言喻的平靜、安穩。

這一刻，我清楚地意識到，自己對河俊學長的感情，終於從愛慕轉為友誼。

比起戀人相伴，或許跑步夥伴這層關係，更加適合我們。

思及此，我忍不住笑了。

「妳似乎挺悠哉的嘛，蘇瑾。」待我跟河俊學長對話結束後，沈湘君朝我慢步走來。

「妳果然很厲害。」我毫不掩飾地表達自己的欽佩。

大概是沒料到我會有這樣的回應，沈湘君的表情明顯一愣。

面對我的讚揚，她不由皺起眉，「妳是在損我？」

「怎麼會？」我噗哧一笑，隨即聳肩，「妳都說我是單細胞生物了，單細胞生物還會懂得損人？」

沈湘君沒有回答，而是半信半疑地覷了我一眼。

「妳沒有忘記當初的約定吧？」沉寂半晌，沈湘君再度開口，提醒著。

「當然沒有。」迎上她的目光，我直視著她，語氣無比認真，「如果我輸了，我會遵守當初的約定，離開孫晨曜。」

沈湘君滿意地頷首，「記得就好，相反的，如果我輸了……」

打斷她還沒說完的話，我揚起嘴角，阻止她繼續說下去，「如果妳輸了，妳不用離開孫晨曜，但相對的，妳不許退出田徑社。」

沈湘君神情再度一怔，震驚地望向我，「蘇瑾，妳瘋了嗎？妳知道妳在說什麼？」

「我知道，我的腦袋很清醒，妳不用緊張。」我莞爾，隨後收起笑容，視線緊鎖著沈湘君不放。

安靜片刻，我盯著她，用著宣示般的口吻，一字一句說得極其緩慢：「還有，我不會輸的。」

我不僅不會離開孫晨曜，更要告訴他，自己好不容易釐清的真實想法。

——所以，我不能輸。

而像沈湘君這麼難得可貴的對手，我也不希望她離開。

儘管她是為了孫晨曜才加入田徑社，但這段時日以來，她也確實很努力的在練習。

更何況，她沒有離開的必要。

因為真正做決定的人，不是我——是孫晨曜。

假使孫晨曜最終選擇了沈湘君，我也不會有任何怨言。

但是，在這之前，我還是想把心裡的話傳達給他。

＊＊＊

決賽現場，要比預賽來得熱鬧許多。

跑道周圍擠滿了觀賽的人群，人潮之多，幾乎不見半分間隙。

我看見詩潔及田徑社眾人在一旁聲嘶力竭地替我和沈湘君聲援，看著他們個個認真的臉龐，我忍不住微笑。

望向遠處的終點線，一樣的場景，心情卻截然不同。

預賽時，我雖然緊張，但仍帶著躍躍欲試的興奮感。

然而此刻，我卻感覺氣氛極為沉重。

恍若有無數顆名為緊張的粒子，橫佈於空氣中，滲進我的肌膚，使我無比難受。

我不自覺咬了咬下唇，隨後深吸了口氣，試圖緩和這股緊繃的情緒。

「預備——」

隨著裁判舉起右手，周遭倏地安靜下來。

四周悄然無聲，靜得只剩春風吹動樹葉的沙沙作響。

緊迫的氛圍充斥整個會場，令人不由屏住呼吸。

調整好預備姿勢，我繃緊神經，豎起耳朵，全神貫注地等待槍響的瞬間。

「砰——」

當槍聲傳入耳裡的剎那，我照著河俊學長教過的起跑姿勢，從起點線飛快衝出。

毫無拖沓的流暢感，跟先前和河俊學長比賽那次一樣，使我一舉跑在最前面。

我筆直地朝著前方極力衝刺，場邊的人影迅速掠過，風狠狠地打在我的臉上，極為猖狂。

越過中線那刻，幾道身影忽然從我身旁擦過。
尤其是沈湘君，在眾多人影之中，她顯得格外明顯。
一股強烈的不甘自心底油然升起，猶如洪水巨浪般湧上心頭。
我奮力奔跑，並試圖加快速度，但彼此依舊存在著極微小的差距，近在咫尺的距離，我卻有種怎麼追都追不著的挫敗感。
眼看終點線即將抵達，我更是焦急，幾近快要炸裂的窒息感就快從胸口迸發而出。
「那就請妳不要再打擾孫晨曜，直到他徹底放下妳為止。」
沈湘君的聲音驀地從腦海傳來。
望著前方與自己僅有一步之遙的她，我不自覺咬緊牙，怎麼也不肯服輸。
忽然，一張熟悉的臉龐映入我的視線，他站在終點旁，神情專注，不安地望向我。
那一瞬，一股躁動竄遍全身，顧不得那瀕臨極限的緊繃感，我強逼自己的雙腿再加快些。
再快一點、再快一點點，哪怕之後要停練一陣子也沒關係。
——這一場比賽，我勢必得拿下前三。
在越過終點線前的剎那，我感覺自己似乎掠過幾道身影。
至於有多少道，我並不曉得。
停下步伐的那刻，一陣癱軟無力感席捲全身。
心臟宛如一頭野獸，猛烈衝撞著我的胸口。
我大口喘著氣，吸進肺的空氣彷彿一根根針，扎著我的喉嚨，很刺、很疼。
「蘇瑾，妳真棒！」最先衝上前的是詩潔，她緊緊抱住我，相當激動。
田徑社其他人亦跟在後頭，直道辛苦了。

比賽結束後，氣氛再度活絡起來，周圍一片喧嘩，好不熱鬧。

主席台那邊迅速地公布了結果，我仔細聆聽，緊張地屏息以待——

「……第二名，方巧萱。」

公布到第二名時，發覺得獎人不是我，我的心不禁沉重起來。

用盡全力，居然會是這樣……

是不是我還不夠努力？

「——第三名，蘇瑾。」當我還沉浸在失落的氛圍中時，熟悉的名字突然從耳邊響起。

我一愣，震驚地望向主席台的方向，不敢置信。

我得名了？我真的得名了？

我木然地眨眨眼，以為自己聽錯了。

直到河俊學長走到我面前，眼帶笑意地向我恭喜，我這才意識過來。

「恭喜妳，蘇瑾。」他的眼底盡是掩藏不住的笑意，「拿下季軍，真不簡單。」

「恭喜啊，蘇瑾！」子揚學長致上祝賀，「替我們田徑社再添一座獎盃。」

「蘇瑾，我真的以妳為傲！」詩潔加重了力道，興高采烈地環住我。

此起彼落的道賀聲響起，我受驚若寵地一一致謝。

而沈湘君則拿下第四名，名次宣布的那刻，所有社員亦跟著歡呼。

在接受眾人道賀的同時，她扭頭望向我，眼神雖然極為不甘，但還是說了句：「是妳贏了。」

「我說過，我不會輸的。」我莞爾。

「依照約定，我……」

「依照約定，妳不會離開田徑社，對吧？」我輕笑了聲，打斷她的話。

她緊皺著眉，滿臉狐疑，「蘇瑾，妳是認真的？」

「我像是在開玩笑嗎？」我聳肩。

她不明所以地蹙緊眉，「雖然不曉得為什麼妳會有這種要求……但願賭服輸，贏的人是妳，我不會拒絕。」

接著，她彎起唇角，「相對的，我也就不會放棄孫晨曜。」

「嗯，我知道。」我理解地頷首。

要做出選擇的人是孫晨曜，無論他最後的答案是如何，我都會欣然接受。

不過，我還有話沒有說。

一道熟悉的側影這時從不遠處朝反方向走去，他冷靜的模樣，和周遭興奮的人群相較起來，形成強烈對比。

我瞬間一驚，視線緊鎖著那道身影，隨後邁開步伐。

「咦？蘇瑾，妳要去哪？」

無視詩潔的疑問，我迅速朝那人跑去。

然而剛用盡全力奔跑的我，雙腿有些癱軟，好幾次險些跌倒，卻又不願讓那人就這麼離開。

我踉蹌地追上他，用力攀上他的肩膀，喊著：「不要走，孫晨曜！」

他停下步伐，眼底映著幾絲震驚，「蘇瑾？」

「不是說好……要和我談一談嗎？」我上氣不接下氣地問，並死死拉住他的手腕，不讓他繼續往前走。

孫晨曜原先的神情相當緊繃，在看見我狼狽的樣子後，忍不住嘆了口氣，伸手攙扶著我，

「妳還是這麼亂來。」

「你願意跟我說話了嗎？」意識他的舉動，我不自覺一愣，鼻頭隨之湧現濃濃的酸楚。

我已經很久很久沒見到孫晨曜待我這麼溫柔了。

面對我的話，孫晨曜先是靜默，接著緩緩開口：「我這個主因，就這麼值得讓妳那麼努力嗎？」

我用力點頭，毫無猶豫。

「孫晨曜，別再疏遠我了……」我無力地靠在孫晨曜身上，像極了一隻玩偶，而他亦沒有推開我，而是任憑我這麼依偎著，「對不起，沒有察覺到你的心意，甚至在無意間說了傷害你的話，我很糟糕，我知道，你要罵我、恨我都不要緊，不過拜託你，不要疏遠我。」

我感覺眼眶逐漸濕熱，咬緊唇，我接著道：「一直以來，我以為自己就只是單純的把你作為青梅竹馬看待，直到你開始拉開彼此距離時，我才發現，似乎不單是如此。但我分辨不出來，對你的感覺究竟是心動，還是感動？對於你的疏離，我的落寞是源自愛情，還是只是因為不習慣？我分不出來，我真的分不出來……」

我將臉埋進孫晨曜的肩膀，嗚咽地哭了起來。

他沒有說話，頭頂卻傳來一陣溫熱。

「直到沈湘君的出現，我才驚覺，這份心情才漸漸明朗起來……」我抽噎地繼續說：「聖誕節後，你跟沈湘君愈走愈近，我表面上雖然故作鎮靜，但實際上卻氣得很，隱隱約約的不甘，不斷盤據我的腦海，一段時間後，我這明白，或許那份情緒，就是嫉妒……」

說到這裡，眼淚浸濕了孫晨曜的衣服，我深吸了口氣，試圖穩住情緒，淚水卻依舊瘋狂落下。

始終沉默的孫晨曜，這時將我從他的肩膀拉離，一臉不敢置信地看著我，用著不確定的口吻問：「蘇瑾……妳這是……喜歡上我的意思嗎？」

我沒有回答，僅是含淚望向他。

「我再給妳一次機會，妳不說，我就當妳默認了。」孫晨曜將我拉近他，神情嚴肅，認真的眼眸映進我的眼底，使我不自覺別開視線。

他直盯著我，目光定格在我身上，一字一字加重音調：「蘇瑾，妳喜歡上我了嗎？」

我依舊不言，頭卻輕輕地點了一下。

見狀，孫晨曜渾身一僵，下一秒，他將我攬入懷裡，用力抱住。

「我以為妳永遠都不會喜歡我的……」我感覺孫晨曜全身都在顫抖，聲音夾雜著幾分哭腔，「我沒想過自己居然能等到這一天。」

語落的剎那，我張開手臂，環住了他。

是我太遲鈍，以致於遲遲沒有察覺到孫晨曜的心意，和自己的感情。

長久以來，孫晨曜就這麼靜靜地陪在我身邊，支持我、鼓勵我，以及安慰我。

我意志消沉、失去跑步動力時，是孫晨曜點醒我初衷，讓我順利找回對跑步的熱忱。

我被白羽歆打傷腳時，是孫晨曜及時出現在我面前，護著我，背我回家。

我失戀時，是孫晨曜伸出手，對我說出「回家」兩個字，使我感到溫暖。

他總是守護在一旁，跟我一同承擔所有的苦和痛，撫平我的悲傷。

暗戀河俊學長的那段日子，我彷彿於逆風中奔馳一般，明知不可為，仍堅持前行。

我以為自己再也無法振作起來，慶幸的是，孫晨曜始終都在。

他的存在，恍若春日裡的暖風，吹進我的心底，溫煦了一切。

而我的世界，則因為這陣風，逐漸溫暖起來。

（全文完）

【後記】

嗨，大家好，我是莯寧！

沒想到《逆風》有機會以實體出版的形式跟大家見面，更沒想到我會替這本書寫第二次後記XD

其實去年暑假在寫這本書的時候，我的生、心理狀況都不是很好，每天都籠罩在龐大壓力之中，無數的謾罵和指責讓我快要喘不過氣。

所以，當我在修稿，同時重新閱讀這個故事時，我挺驚訝的。

我沒想到自己在這麼痛苦黑暗的日子中，還能寫出勵志正向的作品。

或許我在無意識中，把蘇瑾當作我的浮木，希望她能克服難關，不斷往前，如同現實的我。

在這邊我要感謝我的編輯，二〇一九年無疑是我目前歲數中，最沉重的一年。

接到過稿通知的那段期間，正好是我最低潮的時候，那時候的我其實沒什麼動力顧及寫作。

所以我非常感謝秀威的齊安編輯，他很有耐心的等我，從原本約好的過年到後來的二二八連假，再到三月中……差點就要到春假了。

接著聊聊故事吧，不過以下會涉及劇透，如果不接受劇透的人趕緊往前翻，別再看下去了XD

由於《逆風》跟前一本作品確實有關聯，導致不少人認為戴河俊就是這本書的主角。所以連載期間，我不斷強調這本書的主角是蘇瑾、是蘇瑾、是蘇瑾，我以為這個提示很明顯，但似乎還是讓部分的人失望了（笑）

至於為什麼會想寫《逆風》呢？除了原本就有打算嘗試的跑步題材外，還有一個原因，那就是以另個角度描寫戴河俊。那個總是默默付出、默默喜歡，甚至默默流淚難過的戴河俊，其實在其他故事裡，也有這個一個人默默在背後因為他喜怒哀樂著。

曾經是他人月亮的戴河俊，其實也是另個人的太陽。

隨著修稿結束，想想現在正在寫後記的自己，我覺得自己就像書中的蘇瑾般，熬過重重難關，重新振作了起來。

希望看過這本書的你們，也都能像蘇瑾一樣，無論是面對挫折（負傷無法出賽）或是強大敵人（沈湘君）時，都能在緊要關頭調適自己，重新出發。

然後，逆風奔向你期望的目標！

要青春65　PG2377

要有光 FIAT LUX

逆風，奔向你

作　　者	莯　寧
責任編輯	喬齊安
圖文排版	周怡辰
封面設計	恬　恙
封面完稿	蔡瑋筠

出版策劃	要有光
發 行 人	宋政坤
法律顧問	毛國樑　律師
印製發行	秀威資訊科技股份有限公司 114台北市內湖區瑞光路76巷65號1樓 電話：+886-2-2796-3638　傳真：+886-2-2796-1377 http://www.showwe.com.tw
劃撥帳號	19563868　戶名：秀威資訊科技股份有限公司 讀者服務信箱：service@showwe.com.tw
展售門市	國家書店（松江門市） 104台北市中山區松江路209號1樓 電話：+886-2-2518-0207　傳真：+886-2-2518-0778
網路訂購	秀威網路書店：https://store.showwe.tw 國家網路書店：https://www.govbooks.com.tw
總 經 銷	聯合發行股份有限公司 231新北市新店區寶橋路235巷6弄6號4F 電話：+886-2-2917-8022　傳真：+886-2-2915-6275

出版日期	2020年5月　BOD一版
定　　價	260元

國家圖書館出版品預行編目

逆風,奔向你 / 茮寧著. -- 一版. -- 臺北市 : 要
有光出版 : 秀威資訊科技發行, 2020.05
面 ;　公分. -- (要青春 ; 65)
BOD版
ISBN 978-986-6992-42-1(平裝)

863.57　　109003212

讀者回函卡

感謝您購買本書，為提升服務品質，請填妥以下資料，將讀者回函卡直接寄回或傳真本公司，收到您的寶貴意見後，我們會收藏記錄及檢討，謝謝！如您需要了解本公司最新出版書目、購書優惠或企劃活動，歡迎您上網查詢或下載相關資料：http:// www.showwe.com.tw

您購買的書名：________________________________

出生日期：________年________月________日

學歷：□高中（含）以下　□大專　□研究所（含）以上

職業：□製造業　□金融業　□資訊業　□軍警　□傳播業　□自由業

□服務業　□公務員　□教職　□學生　□家管　□其它_____

購書地點：□網路書店　□實體書店　□書展　□郵購　□贈閱　□其他

您從何得知本書的消息？

□網路書店　□實體書店　□網路搜尋　□電子報　□書訊　□雜誌

□傳播媒體　□親友推薦　□網站推薦　□部落格　□其他__________

您對本書的評價：（請填代號　1.非常滿意　2.滿意　3.尚可　4.再改進）

封面設計____　版面編排____　內容____　文／譯筆____　價格____

讀完書後您覺得：

□很有收穫　□有收穫　□收穫不多　□沒收穫

對我們的建議：________________________________

____

____

____

請貼
郵票

11466
台北市內湖區瑞光路 76 巷 65 號 1 樓

秀威資訊科技股份有限公司　　收

BOD 數位出版事業部

....

（請沿線對折寄回，謝謝！）

姓　　名：________________　年齡：______　性別：□女　□男

郵遞區號：□□□□□

地　　址：______________________________

聯絡電話：(日) ________________ (夜) ________________

E-mail：______________________________